徳間文庫

若殿八方破れ

久留米の恋《こい》絣《がすり》

鈴木英治

徳間書店

目次

第一章　秘剣竜穴

一

まるで蒸し風呂に入っているかのようだ。

点々と汗のしみができている天井板を半分ほどずらし、下をのぞき見た。生ぬるい風が吹き込んでくる。

目の下には、十畳の座敷が広がっている。

人はおらず、闇《やみ》だけがかたまりとなってうずくまっている。

風が雨戸を鳴らしている。遠雷らしい音が耳に届く。

じき雨になるのかもしれない。降る前に仕事を終えてしまいたかった。

懐《ふところ》には匕首《あいくち》がしまわれているが、できれば使いたくない。これまで人を害したことはない。それだけは自慢なのだ。

座敷に目を走らせる。左側にがっしりとした板戸がある。

あれが表扉だろう。柿渋《かきしぶ》でも塗ってあるのか、濃い茶色が重い闇ににじむように見えている。

遠雷や雨戸の鳴る音以外に聞こえてくるのは、この屋敷のあるじが発するいびきだ。

この宏壮《こうそう》な屋敷に、ほかに人はいない。富裕な大店《おおだな》の主人が、ただの一人で寝入っている。

時刻は九つ半。信じられないほど不用心だ。それか、よほど剛胆なのだろう。

四つ半過ぎに寝《しん》に就いたあるじの眠りはいま最も深く、少々の物音ではまず目を覚ますまい。

――よし、行くか。

自らに告げ、天井板をさらに広げた。

だが、まるで錆《さ》びついているかのごとく、体が動こうとしない。

この屋敷は隙《すき》だらけだというのに、どういうわけか。相当の金がうなっているとの噂《うわさ》を耳にし、事前に下見をした。そのときは塀越しに眺めただけだが、屋敷はどこかのんびりした風情《ふぜい》で、たやすい仕事になるとすぐに知れた。

肌が危険を覚《さと》っているのか。金はあきらめ、引き上げるべきなのか。

喉《のど》がうずく。酒がほしい。

深い呼吸を繰り返したら、体が動くようになった。天井板の隙間に足を入れ、畳に向かって飛び降りた。両足がつき、わずかに畳がきしんだが、耳を澄ませていなければ聞こえない程度の音でしかない。

雷は少しずつ近づいてきている。

金蔵に歩み寄る。

表扉は頑丈な板戸となっており、がっちりとした錠が取りつけられている。錠は名のある錠前師の手になるものか、かなりの精巧さを誇っている。

――これくらいなんでもないさ。

しゃがみ込んで懐から小さな布包みを取り出し、畳の上に置いた。中には、一本の千枚通しが入っている。

手に取り、じっと見た。先端がわずかに曲がっている。

自分で工夫してつくりあげたものだ。これ一本で、目の前の錠以上にむずかしいものも攻略してきた。

唾《つば》を先端になすりつけてから、鍵穴に千枚通しを差し込む。微妙な指使いで、どうすればあくか、慎重に探ってゆく。

根気よく探り続けた。あるじのいびきと遠雷は続いている。

――こうか。

千枚通しを右へかすかに動かし、さらに斜め左へ落とし気味にした。最後にすっと下に引っぱるようにする。これまでになかった手応《てごた》えが指に伝わってきた。

案の定、かちり、と小気味よい音が闇に響いた。

会心の笑みが漏れる。

千枚通しを錠から抜き、布に包んで懐にしまう。重い錠を表扉から外《はず》し、畳に静かに置いた。

高ぶりを抑え、できるだけゆっくりと表扉を横に引いた。さして音は立たなかった。

格子《こうし》になっている中扉にも錠があった。こちらは小ぶりで、形ばかりについているに過ぎない。

中扉の錠を破ったとき、ぱらぱらと屋根を打つ音が聞こえてきた。

ちっ、降ってきやがった。

雨はすぐさま土砂降りに変わり、屋根を激しく叩《たた》きはじめた。不意に、雨戸の穴から一筋の閃光《せんこう》が入り込んだ。次の瞬間、雷が近くに落ち、かすかな地響きが伝わった。

——起きなきゃいいが。

祈るような気持ちで耳をそばだてる。

雨音を縫うようにして、いびきは聞こえてくる。この屋敷のあるじは、耳がよくないのかもしれない。

中扉をあけると、積み上げられた千両箱が目に飛び込んできた。

こいつはすごい。

また稲妻が光り、金蔵の中まで明るくなった。ぎくりとし、踏み出そうとしていた足を止めた。一瞬、座敷の右側に人影が立っているような気がしたのだ。あわててそちらに顔を向ける。

なんだい、驚かせやがって。

ふう、と安堵《あんど》の息を吐き出す。近くに雷が落ち、またも地響きを感じた。かまわず足を前に出した。

いきなり首筋に強い衝撃を受けた。

なにが起きたのかわからなかった。すぐに殴られたのだと覚った。いったい誰が。先ほど見えた人影は勘ちがいではなかったのだ。

ふらつきながらも足を踏ん張り、後ろを振り返ろうとしたが、幕が下りたように目の前が真っ暗になった。

意識の糸が音を立てて切れる前に心を占めたのは、肌が危険を察していたのになぜ引き上げなかったのか、という悔いだった。

二

日が陰ってきた。

厳しい陽射《ひざ》しが和《やわ》らぎ、若干涼しくなってきたとはいえ、いまだに頬《ほお》や顎《あご》から汗がしたたっている。ここいらで一雨ほしいところだが、雨雲の気配は感じられない。

「いやあ、若殿」

うっすらとした白い雲がわずかに広がる上空を見上げ、鬢《びん》を流れ落ちる汗を手の甲でぬぐって伝兵衛《でんべえ》がいう。

「まこと九州は暑うござるの」

「確かに、江戸とは暑さの質が異なっておるな。太陽が近くにある感じがする。だが伝兵衛、その呼び方はよせと何度もいうているであろう」

俊介《しゅんすけ》がたしなめると、自らの額《ひたい》をぱちんとはたいて伝兵衛が詫《わ》びる。

「申し訳ござらぬ。ついいつもの癖で……」

前を歩いていた旅の男が、ちらりと俊介に目をやる。一瞬、おやっ、という顔になったが、すぐになにげない表情に戻り、前を向いた。道中差《どうちゅうざし》を腰に帯びている。それがずいぶんさまになっていた。

もしや俺のことを知っているのか、と俊介は感じ、男の背中を見つめた。俊介に見覚えはない。初めて見る顔だ。

男は右眉のところに古傷らしい痕《あと》があり、目つきも鋭かった。それだけ特徴のある男の顔を忘れるはずがない。

「伝兵衛さんは、つい、が多いね」

おきみが真っ黒に日焼けした顔で笑う。

「そんなんじゃ、立派な大人になれないよ」

旅の男は俊介の眼差《まなざ》しを感じ取ったのか、振り分け荷物を担ぎ直し、逃れるように足を速めはじめた。

「そうじゃのう。おきみ坊のいう通りじゃ。わしは立派とはとてもいえぬの。いつまでたっても半人前よ。同じような言葉は前にもいうたような気がするの」

男はさらに急ぎ足になり、風に砂埃《すなぼこり》が舞う街道をずんずん歩いてゆく。俊介たちを引き離し、姿があっという間に小さくなってゆく。

「伝兵衛さん、でもそんなこと、何度も口にしちゃ駄目よ」

「どうしてじゃ」

伝兵衛がゆったりとした口調できく。

すでに男はただの点となり、他の旅人の姿と紛れている。ついに見えなくなった。

俺のことを知っているような顔をしたが、江戸の者だろうか。それとも、命を狙う一派の者か。

だが命を狙う者ならば、前をのんびりと歩いていないだろう。自分を見て、おやっという顔をするはずもない。

「本当に半人前のまま、一生が終わってしまうよ。言葉には力があるんだって、おっかさんがいっていたもの」

おきみの言葉に、俊介は男のことを頭の片隅に追いやった。

おきみの母親のおはまは、いま江戸で病床に臥《ふ》せている。肝の臓をやられており、おきみは著効薬である芽銘桂真散《がめいけいしんさん》を長崎の薬種問屋まで取りに行く途中なのだ。むろん、六歳の女の子が一人で長崎まで行けるはずはなく、俊介の寵臣《ちょうしん》だった寺岡辰之助《てらおかたつのすけ》の仇《あだ》を報ずる旅に加わったのである。

「言霊《ことだま》ね」

軽やかで澄んだ声が聞こえ、俊介は振り向いた。侍女の勝江《かつえ》と並んで歩く良美《よしみ》と目が合う。笠《かさ》を軽く上げた良美が俊介を見つめ、白い歯をこぼす。輝くような笑顔を目の当《ま》たり《あ》にできて、俊介の心は弾んだ。先ほどの旅の男のことが脳裏から完全に消えた。

良美は久留米有馬《くるめありま》家の姫だが、江戸の上屋敷を勝江とともに抜け出、船に乗って大坂にやってきた。さらに船を乗り継いで広島に着き、そこで俊介たちと出会ったのだ。

良美が江戸屋敷を脱したのは、辰之助を刺し殺した似鳥幹之丞《にとりみきのじょう》という男が有馬家の剣術指南役に決まっていたこともあり、なんとか俊介の力になりたいと考えてのことらしい。

俊介としては、この身を慕って追ってきてくれたと思いたいが、今はそのようなことは考えないことにしている。有馬家とのあいだに俊介は縁談が持ち上がっているが、その相手は良美の姉の福美《ふくみ》である。それになによりこの旅は辰之助の仇を討つためのものなのだ。女にうつつを抜かしている暇はない。

「言霊でござるか。言葉に宿っている霊力のことでござるな」

小さくうなずいて伝兵衛が良美にいった。

「ええ、言霊は口にした通りの結果をあらわすといいます」

「良美どのは信じているのか」

また振り向いて俊介は問うた。

「はい、信じています」

きっぱりといって良美が続ける。笠をかぶっているとはいえ、強い陽射しを浴び続けているはずなのに、顔の白さはまったく減じていない。

「私にはよく口にする言葉があります。そうすることできっとうつつのことになってくれると信じているのです」

「ほう、どのような言葉かな」

柔和《にゅうわ》に頬をゆるめ、良美がはにかんだような顔になった。

「それは秘密です」

「そうか、秘密か」

「俊介さんは言霊を信じていますか」

「信じてはいる。ただ、半ば疑っていたのは事実だな。これからは良美どののように、全信無疑でいこう」

「ぜんしんむぎ、とはなんですか」

不思議そうに良美が小首をかしげる。伝兵衛、勝江、おきみの三人も初めて聞いたという顔をしている。

「なに、半信半疑に対して、いま俺がつくった言葉だ」

「ああ、そういうことですか。全信無疑……」

「ねえ、俊介さん」

俊介と良美が楽しげに話しているのを見て、おもしろくなさそうな顔でおきみが見上げ、これ見よがしに手をつないでくる。

「うん、なにかな」

小さすぎるほどの手を握り返して、俊介はたずねた。

「あたしたちは今どこを歩いているの」

「豊前国《ぶぜんのくに》はもうあとにしたゆえ、いま歩いているのは筑前国《ちくぜんのくに》だ」

「筑前国か。聞いたことがあるわ。太宰府《だざいふ》があるところね」

「うむ、よく知っているな。天満宮には菅原道真《すがわらのみちざね》公が祀《まつ》られている」

「太宰府天満宮は通るの」

いや、と俊介はかぶりを振った。

「少し方向がちがうのだ」

「学問の神さまだから、寄っていきたいと思っていたのだけれど……」

「すまぬな、おきみ」

「ううん、俊介さんが謝る必要なんかないよ。あたしが勝手についてきたんだもの」

すぐさま俊介は頭の中に地図を描いた。

「いや、確か太宰府の近くまで行くはずだな。ちがうか、勝江」

「はい、久留米から太宰府へは、六里を少し超えるくらいですから」

「そうか。一日かからぬ距離だな。ならば帰りに寄ってみるか。そちらを回って行ける街道もある」

「ほんとうに」

喜びをあらわにおきみがきく。

「ああ、嘘はいわぬ」

「うれしい」

両手を合わせておきみが小躍りする。

「そんなに喜んでくれると、こっちもうれしくなるな」

「とても広くて荘厳な神社さんですから、おきみちゃんも気に入ると思うわ」

笑顔で勝江がいったが、おきみは小さくうなずきを返しただけだった。

「ねえ、俊介さん、それにしても怖かったね」

怖《お》じ気《け》を震うような仕草を見せる。

「怖かったというと、早鞆《はやとも》の瀬戸の渡しだな。うむ、まことそうであった」

今朝《けさ》、長門国《ながとのくに》の赤間関《あかまがせき》で渡し船に乗り、俊介たち一行は有名な早鞆の瀬戸を渡った。壇ノ浦《だんのうら》合戦で知られた場所で、潮の止まったときを選んで船は出ているらしいのだが、それでもごうごうと川のような流れがあって、船はぎしぎしと揺れた。

もしこんな海に投げ出されたら助かるまいな。泰然としていようと心がけながらも、俊介もはらはらしたものだ。結局、その船の旅も五町半ほどで終わりを告げ、俊介たちは無事、九州に上陸したのである。

「あたし、座っていたのに足がすくんじゃったよ」

「うむ、わしの腕の中で小鳥のように震えておったな」

「できれば伝兵衛さんじゃなくて、俊介さんに抱き締めていてほしかった」

「それは気がつかぬことをした」

にこやかに笑って俊介は頭を下げた。

「だがおきみ、そのようなことをいうと伝兵衛がむくれるぞ」

「もうむくれておりもうす」

早鞆の瀬戸を渡り、豊前国の土を踏んだ俊介たちは長崎街道を歩きはじめ、小《お》笠原《がさわら》十五万石の城下町である小倉《こくら》に達した。江戸を出る前は、長崎街道は小倉からはじまっているものだと思い込んでいたが、実際には早鞆の瀬戸に面した大里《だいり》宿《じゅく》からはじまっていた。

「おきみ、船を下りてからはどうだ。怖いことはなかったか」

「怖いことは一度もなかったけど、心配なことが一つあるよ」

「俺にもある。いつも心から離れぬ」

「仁八郎《じんぱちろう》さんのことでしょ」

「おきみも同じか」

「うん。心配で胸が潰《つぶ》れそう。仁八郎さん、今頃どうしているのかしら」

憂い顔のおきみが東の空を見やる。

「ちゃんと大坂のお医者にかかることができたのかなあ」

皆川《みながわ》仁八郎は、俊介の通っていた東田《ひがしだ》道場の若き師範代だった。まだ十八歳に過ぎないが、剣は天才としかいいようがなく、似鳥幹之丞を追って旅に出る俊介の護衛役を買って出てくれたのだ。だが、ときおり激しい頭痛を起こす宿病《しゅくびょう》にかかっていることが知れ、俊介は船に乗せて広島から大坂に一人、向かわせたのである。

俊介は、仁八郎は大丈夫だと信じたい。あのような病《やまい》に負けるような男ではない。今頃、大坂の名医のもとで治療を受け、快方に向かっているのではあるまいか。きっとそうにちがいない。

「仁八郎さんのことだから、もうお医者のところを出て、こちらに向かっているんじゃないかしら。治りがすごく早そうだもの」

「そうだったら本当によいな」

その通りですね、というように良美も深くうなずいている。それが振り返らずともわかり、俊介の心は満たされた。

「今夜の宿はどこなの」

俊介の気を引くようにおきみがきく。

「木屋瀬《こやのせ》という宿場だ。あと一里ばかりで着こう。おきみ、疲れたか」

「ううん、そうでもないわ。あたしもはるばる九州までやってきて、だいぶ鍛えられたみたい。俊介さん、木屋瀬宿ってどんなところなの」

「さあ、俺にもわからぬ。なにぶん九州は初めてゆえ」

「旅のことなら、わしに任せてくだされ」

俊介の横に伝兵衛がやってきた。控えめに肩を並べ、おきみを見つめる。

「木屋瀬は――」

「伝兵衛さん、いわなくていいわ」

しゃべり出そうとした伝兵衛を、おきみが手を振ってさえぎる。

「おきみ坊、どうしてじゃ」

「だって、先に話を聞いてしまったら、楽しみがなくなってしまうもの」

「だが、おきみ坊は俊介どのに、木屋瀬宿ってどんなところなのときいたではないか」

「女の気持ちがころころ変わるのはよくあることでしょ」

「確かにその通りじゃが」

首を小さく振って伝兵衛が慨嘆する。

「男心と秋の空とはよくいうが、この分ではいずれ、女心と秋の空、に変わろうなあ」

「ええ、きっとそうよ」

ぎゅっと俊介の手を握り締めた、おきみが伝兵衛を見上げ、にこっと笑う。その笑顔がかわいくてたまらず、伝兵衛が相好《そうごう》を崩す。

ほのぼのとした思いに包まれたとき、俊介は右手の地蔵堂の陰に二人の男が立っているのに気づいた。なにげなく目を向けると、一人は先ほどの旅の男だった。右の眉に古傷があるから、まちがいようがない。

俺を待ち構えていたのか、と俊介はいやな気分になったが、どうやらそうではなさそうだ。旅の男は、もう一人の男となにやら深刻そうに話をしているのだ。俊介には目もくれなかった。

もう一人の男も、振り分け荷物を担いでいる。細い目がつり上がり、眉は困っているかのように八の字になっている。日に焼けて顔は真っ黒だ。こちらも知った男ではない。

——何者だろう、この二人は。

俊介は考えたが、心当たりがあろうはずもない。そのまま通りすぎた。

十間《じっけん》ほど進んだとき、俊介はちらっと振り向いた。二人は俊介たちに背を向けて、まだ話を続けていた。

三

水のにおいがする。

川が近いのだ。それも相当の大河ではあるまいか。

吹き渡る風がすがすがしく、俊介は思いきり吸い込んだ。日がじきに落ちることもあり、涼しくなってきた。汗も引いている。

背伸びをして、おきみがまわりを見渡す。

「この宿場、たくさん建物があるね」

十町ほどにわたり、ずらりと家並みが続いている。

うむ、と伝兵衛が顎を引く。

「ここ木屋瀬宿は、長崎街道が遠賀川《おんががわ》にぶつかるところじゃからの。遠賀川は筑前きっての大河じゃ。大きな川は船を使ってさまざまな荷を運べるゆえ、こうして大勢の人が集まってくる。この宿場がこれほど盛っているのは、当たり前のことじゃな」

「あれはなに。立派な建物ね」

おきみが、宿場から十間ばかり奥まった場所を指さした。俊介が顔を向けると、瓦葺《かわらぶ》きの屋根の傾斜と、焼杉でも貼ってあるのか、黒々とした板壁が見えた。

「うむ、あれは代官所じゃの」

「この宿場にはお代官がいらっしゃるの。じゃあ、これはなんのお屋敷」

おきみが目の前の大きな家を手で示す。

「船庄屋の屋敷じゃろう」

「船庄屋さんか。伝兵衛さん、このお屋敷からなにか甘いにおいがするわ。とてもいいにおいね」

くんくんとおきみが鼻をうごめかす。

「これは酒じゃの。この船庄屋は造り酒屋も兼ねておるのじゃな。ここ木屋瀬宿には、宿庄屋と村庄屋も置かれている。三つの庄屋がある宿場は、なかなかないものぞ」

「ふーん、すごいのね。三つの庄屋さんはそれぞれお仕事がちがうんでしょ」

「宿庄屋は、この宿場に関するすべてのこと。村庄屋は、この宿場を含む村全体に関《かか》わること。船庄屋は年貢米を運ぶ船のことを取り仕切っておる。この船庄屋の持っている船の数は二十四艘《そう》だと、なにかで耳にしたことがあるぞ。川ひらたという名の船じゃ」

「川ひらたって、変わった名ね。どうしてそんな呼び名なの」

「遠賀川は浅瀬が多いんじゃな。ふつうの船ではすぐに底が引っかかってしまう。それで船底が浅く、船縁《ふなべり》の広い船を造る必要があったんじゃ。川を行く平たい船だから、川ひらた、と呼ばれているようじゃ」

「伝兵衛さんて、物知りなんですね」

良美が目を丸くしていう。勝江は畏敬《いけい》の念をあらわに見つめている。

おきみが伝兵衛の手を引っぱった。

「ねえ、伝兵衛さん、川ひらたで運ぶ年貢米ってどこのお大名のものなの」

「筑前といえば、なんといっても黒田家五十二万石じゃの。福岡に大きな城を構える、まさしく大大名じゃ」

「じゃあ、この宿場のお代官て、黒田さまに代わって年貢をお百姓さんから取り立てているわけね」

「そういうことじゃの。取り立てられた年貢米は川ひらたに乗せられて遠賀川を下り、それから大船に積み替えられて福岡まで運ばれていくんじゃろう」

「それにしても、五十二万石というのはすごいね。真田《さなだ》さまの五倍以上だよ」

「うむ、我らの十万石も決して悪くはないと思うが、五十二万石に比べたら、ちと寂しいものがあるの」

良美の有馬家も二十一万石という石高《こくだか》を誇っており、大大名といえるだろうが、五十二万石の前には、さすがにかすまざるを得ない。

木屋瀬の宿場には十五軒ばかりの旅籠《はたご》があり、その中で俊介たちは見和《みわ》屋という旅籠を今宵《こよい》の宿とした。やや古びた建物には、どこか風格めいたものが感じられた。

「居心地がよさそうな気がいたしますの」

伝兵衛がいったことで、ここに決めたのである。

通された部屋は六畳間で、五人で泊まるとなると少し狭いが、掃除が行き届いている上に畳が青々としており、替えられてさほどときがたっていないのが知れた。

部屋に入るやおきみがばたんと畳にうつぶせになり、思い切り息を吸い込んだ。

「ああ、いいにおい。新しい畳のにおいって、どうしてこんなにかぐわしいのかしら」

「おきみ坊、気持ちはわかるが、ちと行儀が悪いようじゃの」

「ごめんなさい」

ぺろっと舌を出したおきみが元気よく立ち上がる。

見和屋の女中が、もう風呂に入れるというので、俊介たちは代わる代わる湯に浸《つ》かって汗を流した。何者かに命を狙われている俊介は刀を風呂の中まで持ち込み、外では伝兵衛が警戒に当たった。

なにごとも起こらず、俊介はほっとして風呂を出た。伝兵衛とともに廊下を歩き出す。

「おきみ坊は大丈夫ですかな。うまくやっていますかな」

「相手が良美どのたちだから、なにも心配はいらぬだろう」

「だからこそ、それがしは案じておるのですぞ。良美さまは、明らかに俊介どのに惚《ほ》れていらっしゃいますぞ」

「えっ、そ、そうか」

「俊介どの、なにをつっかえているのでござるか。すでにお気づきかもしれぬが、おきみ坊はそれがおもしろくないのでござる。早く仲よくなってくれればよいのでござるが」

「どうすればよいかな」

眉を寄せて伝兵衛が苦笑する。

「それがしには、おなごのことはどうにもなりませぬ」

「それは俺も同じだ」

「ときがきっとおきみの気持ちをほぐしてくれるのでしょうが、まだ先の話ですかな」

「うむ。良美どのは、おきみと仲よくなろうと一所懸命だが」

庭に面した外廊下の角を曲がったとき、俊介はふと中庭の向こう側の部屋に、眼差しを注いだ。

腰高障子《こしだかしょうじ》をあけて廊下に出てきた男に、自然に目がいったのである。手ぬぐいを肩にかけている。

――あの男は。

目を凝らしたものの、俊介は目の前の梅の木に見入っているというような何気なさを装った。視野に入っているのは、長崎街道沿いの地蔵堂の陰で話していた男である。細い目がつり上がり、その逆に眉が下がり、黒々とした顔をしているから見まちがえようがない。

まさか同じ宿に泊まっていようとは、考えもしなかった。右の眉に古傷がある男も一緒なのだろうか。

男が、外廊下に立つ俊介に気づいた。一瞬、鋭い目で見つめてきたが、その表情はまったく動かなかった。両手を掲げて伸びをすると、男は風呂のほうへ歩きはじめた。角を折れ、その姿は見えなくなった。

あの様子では、どうやら俺のことを知らぬようだな。

「俊介どの、どうされた」

怪訝《けげん》そうに伝兵衛がきいてくる。

「いや、なんでもない。伝兵衛、行こう」

俊介は伝兵衛の後ろを歩きはじめた。むっ、と体がかたくなる。背後から誰かが見ている。

――何者なのか。俊介が振り向こうとしたとき、目隠しでもされたかのように視線が消え失《う》せた。

さすがに体から力が抜ける。いったい誰が見ていたのか。刺客だろうか。だが、今のは決して粘りつくような目ではなかった。少なくとも、害意は感じられなかった。

俊介は伝兵衛に続いて階段をのぼった。

部屋に戻ると、すぐ夕餉《ゆうげ》になった。五分《ごぶ》づきのご飯のほかに鯵《あじ》の煮つけ、わかめの吸い物、香の物、冷たいうどんが出た。

「うどんとは珍しいな」

やわらかめに打たれた、やや細い麺《めん》を俊介はすすり上げた。

「うまいな。麺に味がある」

「九州のほかの国はどうなのかよく知らないのですけど、筑前や筑後《ちくご》では、うどんをよく食しますよ。とてもおいしいのです」

筑後久留米の出である勝江がいった。

「なにしろ、このあたりでは小麦がよくとれますから。筑前、筑後の者にとって、うどんは欠かせない食べ物です」

「このうどんはそれほど腰がないの。わしのような年寄りにはとてもありがたい」

なにもいわないが、おきみも目を細めてうどんを口に入れている。

「腰があるうどんは、土地の者に好まれないみたいですね」

勝江がさらに説明する。

「とにかく、これはうまいうどんじゃな。小麦のほの甘さがよくわかるように打ってあるの。それが、だしのきいたつゆととても合う」

良美も、うれしそうに箸《はし》を使っている。勝江がなおも続ける。

「久留米には、おいしいうどん屋さんが何軒もあるんですよ。その中でも特においしいのが、うちの近所にある江津《えっ》屋さんです。十年ぶりの故郷ですから、私、楽しみでなりません」

「そんなに帰っていなかったのか」

箸を持つ手を止め、俊介はきいた。

「ずっと江戸のお屋敷に詰めておりました。姫さまの、いえ、良美さまのお世話に明け暮れておりましたから、帰るに帰れませんでした」

「勝江、そのいいようでは、私の世話で歳《とし》を取ってしまったように聞こえますよ」

「その通りです。この十年、とっても苦労しました。一刻も早く久留米に着いて、江津屋さんのうどんをいただくことが、今の私の無上の楽しみです」

夢見るような顔になって、勝江は天井を見つめている。目が潤んでいた。

「江津屋さんのおじさん、おばさん、元気にしているかしら。あの二人が打つうどん、ほんとおいしいんですよ」

辰之助の仇を報ずるための旅だが、俊介も江津屋のうどんを食べるのが待ち遠しくてならなくなった。

食事を終え、就寝の刻限になった。宿の者に頼み、部屋に衝立《ついたて》を立ててもらう。

良美と勝江が衝立の向こう側に寝るのだ。

二人が寝巻に着替える際の衣擦《きぬず》れの音が、布団に横になった俊介の耳を打つ。若い男には毒としかいいようがない。毎晩、この音は繰り返されているが、決して慣れることはない。耳にしながら、俊介はどきどきしてしまう。

着替えを終えた良美と勝江が布団に入ったのが、気配で知れる。やがて健やかな寝息をつきはじめるのは、いつも勝江である。

良美はなかなか寝つかれないようだが、勝江に誘われるように眠りに落ちてゆくのがわかる。

その寝息を聞くと、強く打っていた俊介の心の臓も穏やかになり、気持ちも平穏さを取り戻す。一日の疲れもあり、いつしか寝入っているのだ。良美の寝息は、俊介にとって子守歌代わりだった。

四

ふと目があいた。

布団の中で刀を抱き直して、俊介はまだ暗い部屋を見回した。

今なにか気配が動かなかったか。

横たわったまま、いつでも布団をはねのけ、刀を抜けるように身構えた。しばしのあいだじっとしていたが、なにも起こらない。ふむ、と息をついた。夢でも見ていたのかもしれぬ。

それでもしばらくは気をゆるめる気はない。一瞬の油断が命取りにつながる。

隣では伝兵衛がいびきをかいているが、以前よりだいぶおとなしくなった。これはよい兆しではなかろうか。

おきみもよく眠っているようだ。良美と勝江の寝息も規則正しい。勝江がなにか寝言をいった。よく聞き取れなかったが、しょうはちろう、と口にしたような気がした。

好きな男だろうか。正八郎という字を当てるのか。俊介はなんとなくうれしい気分になった。

そうしたら、幕が下りるように、唐突に眠気がやってきた。

俊介はそっと目を閉じた。

目が覚めた。

いま何刻《なんどき》だろうか。横になったまま俊介は部屋の中を見渡した。まだ暗いが、朝が近いのはわかる。たっぷりと眠った感じがあるからだ。あれから一刻は寝たのではあるまいか。

八つ半頃だろうか。今日も七つ立ちをするから、もう起きたほうがよいのはまちがいない。七つ立ちを長いこと繰り返しているために習い性で目が覚めたのかと思ったが、どうやらそうではなさそうだ。旅籠の中がざわついており、それが俊介を眠りの海から引き上げたのであろう。

宿の者は朝餉の支度などのためにとうに起き出しているだろうが、そういう類《たぐい》のざわめきではない。なにか、もっととがった感じがしている。

体を起こした俊介は横を見た。伝兵衛は相変わらず軽くいびきをかき、おきみは安らかな寝顔を見せている。衝立の向こう側からは、二つの寝息が聞こえてくる。

静かに立ち上がった俊介は、手早く着替えを済ませ、刀を腰に帯びた。部屋を出て素早く腰高障子を閉め、わずかにきしむ廊下を歩いて階段を降りた。

灯《あか》りがついているものの、階下はがらんとしており、人けがなかった。右手から濃厚な人の気配がしている。

廊下を進むと、提灯《ちょうちん》がいくつか灯《とも》されているのか、光の輪が目に入った。大勢の人がこちらに背を向けて立っている部屋がある。

あそこは、と俊介は思った。細い目がつり上がり、眉が下がった男の部屋ではないか。

近づくと、そこに集まった者たちがひそひそと話しているのが知れた。それが、ざわめきとなって俊介の部屋にまで達していたのだろう。

「どうした、なにがあった」

宿の番頭らしい男に声をかけた。ぎくりとしたように番頭が振り向く。提灯の火を浴びたその顔はこわばっている。

「ああ、これはお客さま。おはようございます。お起こししてしまいましたか。まことに申し訳ございません」

「別にかまわぬ。それでなにがあったのだ」

「はい、こんなことを申し上げてもよろしいものなのか……」

額に浮いた汗を番頭が手ふきでぬぐう。

「実は、お客さまの一人が亡くなったのでございます」

なんだと。俊介はさすがに驚いた。

「この部屋に泊まっていた客か」

「さようでございます」

「まちがいないのか」

「まちがいございません。あの、お侍は亡くなったお客さまとお知り合いでございますか」

「そうではない。風呂に行くところを見かけただけだ。そのときはぴんぴんしていたのだが。なにゆえ亡くなった」

旅先で病にかかり、死んでしまうことはなんら珍しくはない。今回の旅で俊介たちは一度も遭遇していないものの、病死する者はあとを絶たない。白装束《しょうぞく》に身を包んで旅をする者が多いのは、もし旅先ではかなくなったときに、それがそのまま死装束になるからである。

「それがはっきりしないのでございます」

困惑したように番頭が答える。

「亡くなったお方は相部屋をきらわれ、一人で泊まっていらしたのですが、今朝、頼まれていたおにぎりを持っていきましたところ、布団の中で冷たくなっていたのでございます」

眉根を寄せて俊介はきいた。

「よもや殺しではあるまいな」

番頭はそういわれても、さしたる驚きは見せなかった。

「はい、まさかとは思いますが、それも正直わかりませんので、ただいま検死のお医者さまに来ていただいています」

どうやら代官所からも代官と手代が来ており、宿庄屋も足を運んでいるようだ。変死があれば、必ず宿場の主立った者を呼ぶように、宿を営んでいる者たちはかたく命じられているのだろう。

前に進み、俊介は人垣の後ろからのぞき込んだ。布団の上に死骸《しがい》が寝かせられている。

提灯の明かりに照らされて布団に横たわっているのは、細い目がつり上がり、眉が下がっている男である。

検死医者がためつすがめつ死骸をあらためていたが、やがて小さく首を振って立ち上がった。助手らしい若者が手ぬぐいを差し出す。受け取った医者が両手をていねいにぬぐった。

「どうやら卒中のようですな」

医者が代官らしい恰幅《かっぷく》のある侍にいった。

「では、殺されたのではないのだな」

冷静さを感じさせる声で代官が確かめる。

「ええ、どこにも傷はありませんし」

「うむ、布団にも乱れはない」

鷹揚《おうよう》にいって、代官が首を回して宿の者を見やった。俊介がその場にいることに気づき、なんだ、この若いのは、という顔をしたが、すぐに年かさの男に目をとめた。

「貞右衛門《ていえもん》、この仏《ほとけ》の身元はわかっておるな」

「はい、宿帳に書いていただきましたので」

小腰をかがめ、見和屋の主人が答えた。

「どこの者だ」

「江戸は神田のお方でございます。陽吉《ようきち》さんとおっしゃいます」

「ふむ、陽吉か」

つぶやくようにいって、代官が部屋を鋭い目で見回す。

「この仏の持ち物で、なにかなくなっているような物はないか」

「先ほどお部屋の荷物はざっと拝見いたしましたが、ないのではないかと存じます」

「うむ、物取りは入ってきておらぬということだな」

顔を上げ、代官がじろりと俊介を見た。それから貞右衛門に目を戻した。

「この仏、金は持っておるのか」

「なんともいえませんが、宿代は前払いでいただきました。金払いはよいように拝察いたしました」

「ならば、江戸に飛脚を走らせるくらいの金は持っていそうか」

「はい、お持ちではないかと存じます」

「貞右衛門、陽吉の死を江戸の縁者に伝えてやれ。それも宿主のつとめであろう」

「承知いたしました。それもこの世の縁ということでございましょう。必ずやお伝えいたします」

「頼みついでというわけではないが、この仏を葬ってやってくれ。無縁墓地に葬るのは哀れだが、ほかに手立てがない。貞右衛門、頼めるか」

「承知いたしました」

貞右衛門が深く頭を下げた。

俊介としては陽吉という男の死骸をじっくり見たかったが、ただの泊まり客でしかない自分に、そのようなことが許されるはずもない。きびすを返すしかなかった。階段を上がりかけたが、思い直して厠《かわや》に行った。小用を済ませる。

果たして本当に卒中による死なのか。

そんなことを考えつつ、厠《かわや》を出て廊下を歩き、階段をのぼった。経験のある検死医師が診《み》て、卒中との判断をくだしたのなら、まちがいないのかもしれないが、俊介自身、釈然としない。この世には、病死に見せかけて殺す方法というのはいくらでもあるはずなのだ。細い目がつり上がった男もそんな殺され方をしたのではないか。考え過ぎだろうか。

気にかかるのは、深更に一度、目が覚めたことだ。あのとき肌が妙な気配を覚えたのではないか。

あの時刻、刺客が忍び込み、陽吉を殺したということはないか。風呂に行こうとする陽吉を見たときにも、どこからか目らしいものを感じたではないか。まちがいない、陽吉は殺されたのだ。

部屋に戻ると、伝兵衛が心配そうな顔で出迎えた。行灯《あんどん》が一つ灯されている中、おきみはまだこんこんと眠っている。

小さな頃は、とおきみの寝顔を見て俊介は思った。この俺も同じように眠りが深かったのか。いつから浅くなったのだろう。

「おはようございます」

衝立越しに良美が、おきみを起こさないようささやくような声で挨拶《あいさつ》してきた。勝江もそれにならう。良美と勝江はすでに着替えを済ませていた。朝餉を終えれば、すぐにでも出立《しゅったつ》できそうな様子である。

「おはよう」

微笑とともに俊介も返し、畳の上にあぐらをかいた。

良美の頬はいつものようにつややかで、昨日の疲れはまったく残していないようだ。ゆったりとほほえみを浮かべている。

その笑顔を見て、俊介の心は満たされた。今日もよい一日になるのではあるまいか。もしかしたら似鳥幹之丞を見つけ、討ち取ることができるのではないだろうか。

「俊介どの、どちらに行っていらした。厠でござるか」

膝《ひざ》でにじり寄り、伝兵衛がきく。

「うむ、厠にも行ってきた。実は人死にがあったのだ」

「ええっ」

伝兵衛がのけぞる。衝立の向こう側で良美と勝江も目をみはっている。

「誰が亡くなったのでござるか」

「陽吉という客だ。医者の見立てでは、卒中らしい」

眉根を寄せて伝兵衛がじっと俊介を見る。

「俊介どのの見立ては、ちがうのではござらぬか」

「伝兵衛、どうしてそう思う」

「まあ、勘でござる。もしや亡くなったのは、昨日、風呂からの戻りに俊介どのが見ていた、目の細い男でござるか」

これには俊介も驚いた。

「よくわかるな。その通りだ」

「俊介どのがさりげなくあの男を見つめていましたからの。何者でござるか」

「知らぬ。ただ、俺たちと同様、江戸から来たようだ」

そのとき、うんん、とおきみがうなり、目を覚ました。体を起こして大きく伸びをし、部屋を見回す。俊介たちに気づいた。

「あら、もうみんな起きているのね。あたし、寝坊しちゃったの」

「そのようなことはない。朝餉もきておらぬ」

「ああ、よかった」

おきみが胸をなで下ろす。立ち上がり、すぐに着替えをはじめた。

「これでよし」

にこりと笑って俊介を見る。

「あたし、いつでもおきみは出立できるよ」

「うむ、いつもおきみは手際がよいな。さすが江戸っ子だ」

「そりゃそうよ。江戸っ子はぐずぐずするのが一番きらいなんだから」


人死にがあったことは、おきみには伏せておいた。わざわざ聞かせるようなことではないし、母親のおはまのことをどうしても考えてしまうのではないか。

少し遅れたが、朝餉がもたらされた。

納豆、海苔《のり》、香の物、わかめの味噌汁《みそしる》という献立である。今日も、きっと暑くなるだろう。人死にのことを考えると食い気も失せるが、今日一日を乗り切るだけの力をつけなければならない。

伝兵衛が三杯もおかわりし、俊介も負けじと旺盛な食欲を示した。おきみの箸もよく動き、しっかり咀嚼《そしゃく》してから食べ物をのみ込んでいる。

良美は武家娘らしく相変わらず慎ましやかな食し方だが、勝江は九州に入ったうれしさがあるのか、どこか豪快さを感じさせる食べ方をしている。

五

まだ暗い路上に出て、貞右衛門が深々と頭を下げる。見和屋の出入り口の両側に二つの大提灯が灯され、ほの明るい光を俊介たちに投げかけている。

「俊介さま、朝早くからお騒がせいたしまして、まことに申し訳ございませんでした」

ほかの奉公人たちもあるじと同じ振る舞いをする。

笑みを浮かべて俊介はかぶりを振った。

「気にせずともよい」

「なにかあったの」

つぶらな瞳で見上げ、おきみがきく。

「うむ、ちょっとな」

言葉を濁し、俊介は貞右衛門に向き直った。

「世話になった」

「是非またお寄りください」

「できれば帰りにまた寄ろう」

「お待ち申し上げます」

貞右衛門が空を見上げ、渋い顔になる。

「降りそうでございますね」

七つを少し過ぎたところで、まだ夜は明けていないが、ぎゅっと詰め込まれたような雲が上空を厚く覆っている。星の瞬《またた》きなど一つたりとも認められず、確かに今にも雨が落ちてきそうな雰囲気だ。この天気にもかかわらず、昨夜まったく降らなかったのが不思議なくらいである。

俊介たちは、笠と蓑《みの》をすぐに取り出せるように支度した。それから貞右衛門たちの見送りを受けて、長崎街道を歩きはじめた。遠賀川沿いの道を進む。

夜明けまであと半刻以上はあるが、良美は勝江ともども、すでに菅笠《すげがさ》をかぶっている。江戸屋敷を抜け出た良美を出迎えに、有馬家の者がこのあたりまで出張《でば》ってていても決して不思議はない。良美は、久留米に向かっていることをすでに知らせてある。

それにもかかわらず顔を隠しているのは、有馬家の者に出会ってしまえば一緒に行かざるを得ず、今の自由さが失われるからだ。それを良美は恐れているのである。

だが、やはりこの美しさだ、鵜《う》の目鷹《たか》の目《め》で良美を捜している者の目をごまかすことはまずできまい。

勝江は大きな行李《こうり》を一つ背中に担いでいる。この中に二人の着替えなど、旅の荷物がすべて入っている。

俊介としては、できれば代わってやりたいが、さすがにそれはできない。身分というのはなかなか厄介《やっかい》なものだ。それだけでなく、もし何者かに襲われたとき行李を担いでいたら、一瞬の身動きが遅れる。命に関わる。

「それにしても大きな川ね」

長崎街道に沿って流れる遠賀川を眺め、おきみが感嘆の声を発する。

黒い水が、俊介たちの歩くのと反対の方向にゆったりと流れている。穏やかな流れの上を、すでに何艘かの船が行きかっているのが見える。中には帆を掲げている船もある。あれが川ひらただろうか。平べったい形をしていた。ときおり魚が水音を立てて跳ねる。

「あれはなんの魚かしら。鯉《こい》かしらね。すごくおっきな魚ね」

「わしにもわからぬが、おきみ坊のいう通り、鯉かもしれぬの」

「なんであの魚は跳ねてるの。飛んでいる虫でも捕まえているの」

「わしは魚になったことがないゆえ、さっぱりわからぬ。人の子供と同様に、魚にも跳びはねたいときがきっとあるんじゃろう」

「ねえ、伝兵衛さん、遠賀川って、川幅はどのくらいあるの」

おきみの話題が移った。伝兵衛が手庇《てびさし》をかざして遠賀川を眺める。

「そうじゃの、このあたりで一町はあるじゃろうの」

「大川とどっちが広いかしら」

むろん、これは江戸の隅田川《すみだがわ》のことをいっている。

「それは、大川のほうがずっと広かろう」

「あたしもそう思うわ」

二人とも江戸の者だな。俊介は伝兵衛とおきみのことがおかしかった。良美も同じことを思ったらしく、後ろでくすりと笑いを漏らした。俊介はちらりと見た。良美が見つめ返してくる。まだ暗いのに、まぶしいほどの笑顔だ。この先ずっと一緒にいられたらどんなに幸せだろう。だが、久留米に着いてしまえば、この旅は終わる。良美は城に入らざるを得ない。離ればなれになるしかない。俊介は、久留米に着きたくないような気分に襲われた。だが、そういうわけにはいかない。幸貫《ゆきつら》が帰りを待ちわびているのだ。

腹に力を込めて、俊介は歩き続けた。木屋瀬宿を出て五町ばかり行ったとき、ふと顔が引き締まったのを感じた。

ほんの四間ほど先の松の木の木陰で、見覚えのある男が草鞋《わらじ》の紐《ひも》を結び直していたのだ。右の眉に傷がある男である。横顔しか見えないが、見まちがいようはない。

最後に紐をぎゅっと強く結んで、男が立ち上がった。俊介の目に気づいたらしく、さっとこちらを向いた。その仕草は、どこか脅えているように見えた。おやっ、という顔で俊介を見つめる。俊介と知れて、体から力を抜いた。

俊介は足早に男に歩み寄った。男は身じろぎ一つせず、近づいてくる俊介を見守っている。昨日と同じく、道中差を腰に帯びている。

「存じているか」

男の間近に来て、俊介は声を放った。

「えっ、なんのことですかい」

男が低い声でただしてきた。

「そなたが昨日、街道脇の地蔵堂で話していた男が死んだぞ」

「ああ、あの男。どうしてお侍が、あの男が死んだことをご存じなんですかい」

「同じ宿に泊まり合わせた。今朝、死んでいるところを宿の者が見つけた」

「さいですかい」

「そなたの知り合いだろう」

「いえ、残念ながらちがいますよ。あの男、あっしを江戸の者と見たらしくてね、街道でなれなれしく話しかけてきたんですよ。あっしも江戸の者に会うのは久しぶりなんで、つい気を許しちまって、話し込んじまったんですけど、それだけでやすよ。知り合いじゃあ、ありません。名すらも知りやせん」

男の言葉は歯切れのいい江戸弁だ。久しぶりに聞いたような気がし、俊介自身、懐かしさを覚えた。

父の幸貫も江戸生まれの江戸育ちだけに、きれいな江戸弁を話す。幸貫は病床で一所懸命に命を長らえようとしている。一刻も早く江戸に帰らなければならない。もし間に合わず父上が亡くなってしまったら、と思うと、たまらない気持ちになる。

「どうかされましたかい」

男にきかれ、俊介は見つめた。

「昨日はどこに泊まった」

「木屋瀬宿ですよ」

「旅籠は」

「石松屋といいましたね」

「よい宿だったか」

「ええ、まあ」

「朝餉はなにを食べた」

「納豆と海苔、卵がおかずでしたね。なかなか豪勢でしたよ。九州は食い物がうまい」

となると、昨日感じた目はこの男のものではなかったのか。

「名は」

へっ、といって男が肩をそびやかす。

「名乗るほどの者じゃありませんや」

俊介はじっと男を見据えた。

「そなた、俺のことを知っているのか」

えっ、と男が目をみはりかける。

「いえ、知りやせんが」

「昨日、街道上で顔を合わせているが、それは覚えているか」

「ええ、なんとなく覚えてやすぜ。木屋瀬に来る途中、お侍たちのことはお見かけいたしました」

「江戸で会ったというようなことはないか」

「会ったことはありやせんね。お侍も江戸のお方ですかい」

「まあ、そうだ」

「こんなに遠くまで、なにをしにいらしたんですかい」

男は探るような目をしている。

「まあ、いろいろあるのだ」

「さいですかい。まあ、これ以上きかないでおくことにいたしやしょう」

「俺の名はきかぬでもよいのか」

「あっしがお答えしなかったのに、聞かせていただけるんですかい」

「別にかまわぬ。俺は俊介という」

「俊介さまですかい」

男が俊介をじっと見る。ちらりと良美たちのことを気にした。良美を見て目をみはりかけたが、それは有馬家の姫と認めたからではなく、輝くような美しさに驚いたからだろう。

こほん、と男が咳払《せきばら》いをする。

「忘れねえようにしておきやすよ。姓のほうはなんとおっしゃるんで」

「知っておるのではないのか」

「いえ、存じやせんよ。どうやら姓のほうはおっしゃる気はないようですね。お返しにあっしも名乗っておきやしょう。佐助《さすけ》といいやす」

「ほう、よい名ではないか。うむ、忘れぬようにしておこう」

「じゃあ、あっしはこれで」

振り分け荷物を担ぎ直し、男が一礼する。

「ちと先を急ぎますんで。失礼いたしやす」

体を返し、歩き出そうとする。

「ちょっと待て」

俊介の言葉に足を止め、怪訝そうに佐助が振り向く。

「そなた、ずいぶん気を張っているように見えるが、勘ちがいか」

「なんのことですかい」

いぶかしげにきいてくる。

「脅えておらぬのか」

佐助が眉根を寄せ、俊介をにらむ。そうすると、ずいぶん凶悪そうな顔になった。本性が見えるようだ。

「どうしてあっしが脅えなきゃいけないんですかい」

「宿屋で死んだ男が、実は殺されたのを知っているからではないか」

「殺された……」

口をゆがめるようにいって、佐助が首をひねる。

「あの男が病でくたばろうが、誰かに殺されようが、あっしには関わりがないことでございやすよ。では、これで」

右肩を心持ち上げるようにしてから、佐助が歩き出す。足早に遠ざかってゆく。

「今のは何者でござるか」

横に来て伝兵衛がきいた。良美たちも男の後ろ姿を目で追っている。どこか薄気味悪そうにしている。

「いや、知らぬ。佐助という名もいま知ったばかりだ」

むずかしい顔をして伝兵衛が腕を組む。

「今の佐助という男が江戸の者であるのはまちがいござらぬのでしょうが、まさか俊介どのの素性を知っているというようなことはござらぬか」

「考えられぬことはない」

「さようか。本当に何者でござろうの。いやな感じの男でござった」

「腕はかなりのものだろう」

「えっ、刀の腕でござるか」

「うむ、相当のものだと俺は見たが、伝兵衛はちがうか」

困ったような顔で伝兵衛が鬢をかく。

「面目ござらぬ。それがしには、腕の善《よ》し悪《あ》しはわかりませなんだ。町人で相当の腕の者とは、なかなか侮れませせぬな。まさか、仁八郎ほどに遣《つか》うということではござらぬでしょう」

「さすがにそれはあるまい。仁八郎ほどの天才はそうそうおるものではない」

東の空を見つめて、俊介は仁八郎のことを考えた。今どうしているのだろう。本当に名医にかかれたのだろうか。大坂へ一緒に行くべきだったか。だが、あのときは一人で行かせるしかなかった。

俺はもしや、仁八郎にひどいことをしたのだろうか。

とにかく、一刻も早く仁八郎の無事な顔を見たくてならない。

「伝兵衛、行くか」

自らを奮い立たせるように俊介はいった。

「はっ」

俊介たちは再び長崎街道を歩きはじめた。ほんの一町も行かないうちに、空から冷たいものがぽつりぽつりと落ちてきた。良美と勝江がかぶる笠を打つ音が小さく響く。

「降ってきましたね」

笠を手で持ち上げ、良美が見上げる。

「ひどくならなければよいのですが」

俊介たちも笠をかぶり、蓑を着込んだ。それを合図にしたかのように、雨は一気に激しいものになった。土がはね上げられ、おびただしい数の水柱が立つ。小さな流れが街道上にいくつもでき、土はあっという間に泥に変わった。ぬかるみを行くのはきつい。乾いた道を行くより、倍以上も疲れる。

「おきみちゃん、大丈夫」

おきみの足取りが重くなったのをいち早く見て取り、良美が心配そうに声をかける。雨脚《あまあし》は衰えることなく、むしろ強くなっている。しかも、街道が坂にかかったところで、水が滝のように流れ落ちてくる。俊介ですら、進むのに難儀しているくらいだ。

「おきみちゃん、手を引いてあげる」

良美が手を差し伸べる。本当はおぶいたいところだろうが、蓑を着込んでいては無理なのだ。

一瞬、おきみが迷った。だが、すぐに伝兵衛の手をつかんだ。

「伝兵衛さん」

「おう、わしか」

すまなそうに伝兵衛が良美を見る。良美がなにもなかったようにほほえんだ。勝江はちょっと納得がいかないという顔をしているが、良美がのぞき込むと、あわてて笑顔になった。

それを確かめてから伝兵衛がおきみの手を引き、幾筋もの水の流れに逆らうように坂を登りはじめた。

おきみが良美と仲よくできたらいいのだが、こればかりは仲立ちできない。おきみの腹立ちのもとは自分なのだ。だが、いつか二人が仲よくなる日は必ずやってくるにちがいない。俊介としては、そう考えるしかなかった。

そのとき、いやな気配を嗅《か》いだように感じた。むっ、と身構えかけてとどまる。どこからか剣呑《けんのん》な気が漂ってきている。殺気というべきものだが、それは自分に向けられてはいないようだ。

近くで果たし合いでも行われているのだろうか。それが気のかたまりとなって押し寄せているのか。

まさに車軸といわんばかりの降り方をしている雨の中、足を運びながら俊介は目を走らせた。

命を懸けての戦いがこの近くで行われている様子はない。

——おかしいな。

歩きつつ俊介が首をかしげた次の瞬間、殺気はふっとかき消えた。

この消え方は見和屋と同じだ。つまり、あの旅籠にいたのと同じ者がいたということにならないか。

それきり殺気は戻ってこない。

なんだろう、今のは。考えたところで答えが出ようはずもない。

そのまま、なにごともない顔で歩き続けた。幸い、俊介以外は誰も今の殺気に気づいてはいないようだ。

——それにしても、まったくひどい降りだ。

頭にかぶった笠は、豆をぶつけられているかのような音を立てている。俊介は雨の様子を見透かした。江戸でも激しい雨は降るが、ここまでのすごさは滅多にない。九州ともなると、雨の降り方も異なってくるものなのか。

道は泥濘《でいねい》と化し、少しでも気をゆるめると滑りそうだ。蓑もだいぶ水を含んできている。雨宿りをすべきではないか。

目を走らせると、雨に煙って地蔵堂らしいものが建っているのが見えた。まだ半町ほどあるが、雨宿りするには格好な感じだ。

「あそこに入ろう」

手を伸ばし、俊介は伝兵衛や良美にいった。

「それがよろしいでしょうな」

ほっとしたように伝兵衛が顎を引き、うれしそうにおきみに笑いかける。

この雨では、と俊介は思った。今日はあまり進めそうにない。今宵《こよい》は飯塚《いいづか》宿泊まりになるだろうか。木屋瀬から五里ばかり先にある宿場だが、この雨では致し方なかろう。

雨を避けているのか、街道を行く者は数少ない。この雨を物ともせずに旅を続けている者たちは、さすがに難儀している様子ではあるものの、少しでも先に進もうとしている。

長崎街道ではなく、別の道を通ったほうがよかったのだろうか、と俊介は考えた。勝江に聞いて初めて知ったのだが、久留米有馬家をはじめとして薩摩《さつま》島津《しまづ》家、肥後《ひご》細川《ほそかわ》家などはこの長崎街道を通らず、もっと北寄りの日田《ひた》街道と呼ばれる道を使っているらしいのだ。やや遠回りになるものの、日田街道は山間を通らず、平坦なのだという。

だが遠回りということで、俊介はやめたのだ。急がば回れ。この言葉にしたがうべきだったか。

ここで後悔してもはじまらない。常に前を向くことだ。今このときの最善の手立てをとるべきなのである。状況は刻々変わる。将の迷いで、大勢の家臣が死んだり、路頭に迷ったりするかもしれないのだ。毅然《きぜん》と冷静な判断をくださなければならない。

地蔵堂には、四畳半ほどの広さがあった。すでに先客がいた。それが先ほどの佐助だったから、俊介は驚いた。伝兵衛も良美も目をみはっている。勝江は嫌悪の目を向けていた。おきみが佐助を見上げ、ぎゅっと伝兵衛の手を握り締める。

「こいつは驚いた」

剽《ひょう》げたように佐助がいう。壁に笠と蓑がかけられている。

「まさかご一緒することになるとは」

「ここで俺たちを待っていたのではないのか」

なんとなくそんな気がして、俊介は問うた。

傷跡のある右の眉をびくりと動かして、佐助が苦笑する。

「俊介さま、いったいなにをおっしゃっているんですかい」

地蔵堂の中はあたたかく感じられた。昨日は暑さに閉口していたのに、それが一転これだから、天気というのはわからない。雨から解き放たれて、良美たちはさすがにほっとしている。

俊介は穏やかに佐助を見つめた。

「ちがうのか」

「ちがいますよ。ここで一緒になったのはたまたまですぜ」

「そなたに雨宿りは似合わぬ」

佐助が頭上を見る。大粒の雨が間断なく屋根を打っている。

「こんなに激しい雨は、江戸で降りかけられることはありませんからね、あまりにびっくりして逃げ込まざるを得なかったんですよ」

俊介たちは笠を取り、蓑を脱いだ。重しがなくなり、体が軽くなる。体が冷えており、熱いものがほしい。

「実は俺たちと同道したいのではないのか」

手ぬぐいで顔や頭を拭《ふ》いてから、俊介はきいた。あの先ほどの剣吞な気配は、佐助を狙ったものではないか、という気がしている。

「なぜあっしがそんな面倒な真似をしなきゃいけないんですかい」

「俺たちを用心棒代わりに使うためだ」

「まさか」

「そなたも命を狙われているのではないのか」

「そんなことがあるはずがありやせんや。あっしはただの町人ですぜ」

「残念ながら、そういうふうには見えぬ。佐助、そなたはどうして九州におる」

「商売ですよ」

「どんな商売だ」

「材木問屋です。九州はよい材木がたくさんあるんです。良材の宝庫っていっていいんですよ。その買いつけです」

「江戸のなんという材木問屋だ」

目を怒らして伝兵衛が問いを放つ。

「江川屋ですよ」

受け流すように佐助がさらりと答える。

「知らぬな」

佐助が余裕の笑みを見せる。

「お侍は江戸に材木問屋がいくつあるか、ご存じなんですかい」

「知らぬ。いくつあるのだ」

へへ、と佐助が肩をすくめる。

「実はあっしも知りません。あるじはもちろん知っているんでしょうけど」

「その江川屋という店《たな》はどこにあるのじゃ」

「木場《きば》ですよ。当たり前のことですがね」

深川《ふかがわ》に材木問屋は集められているのだ。

「江川屋は小売りをしているのか」

俊介は二人に割り込むようにたずねた。いえ、と佐助が蠅《はえ》を追うように手を振る。

「ご存じかどうか、材木問屋は、小売りはできねえ仕組みになっているんですよ。昔、代金のことでもめて、それで小売りのできる者とできない者とに分かれたらしいんです。あっしも詳しいことは知らないんですがね」

さすがに知っていたか、と俊介は思った。

「これから九州各地の木材を買いつけて回るのか」

「まあ、そうです」

「次はどこに行く」

「久留米ですよ」

「久留米に山はありませんよ」

勝江が厳しい口調でいった。

「世話になっている材木問屋があるんですよ。――俊介さまたちはどのようなことで九州にいらしたんです。先ほどは、いろいろあるのだとおっしゃいましたが」

　俊介はちらりとおきみを見た。おきみがじっと見上げてくる。いってもいいよ、といっているように感じた。

「薬を取りに行くのだ」

「薬を。この大人数で、ですかい」

「そうだ」

「薬屋でもはじめるおつもりですかい。大量に買いつけにいらしたってことですね」

「いや、そのようなことはない。ほしい薬はただの一つだ」

「なんという薬ですかい」

「芽銘桂真散という」

　眉間《みけん》にしわを刻み、佐助が怪訝そうな顔になる。

「そいつはまた大層な名ですね。聞いたことねえや。なにに効くんですかい」

「肝の臓だ」

「俊介さまの肝の臓が悪いんですかい」

「ううん、あたしのおっかさんだよ」

横からおきみがいい、佐助が顔を下げる。

「そうか。俊介さまはつやつやしていらっしゃるからな。肝の臓が悪くなると、顔色がどす黒くなるらしい。そのむずかしい名の薬を手に入れるために、おまえさん、そんな幼い身の上でこんな遠くまで来たのかい。そいつは大変だったな」

「でも、旅はとても楽しかったよ。これまで見たことのない景色ばかりで、驚きやうれしさを一杯味わったよ。江戸で待つおっかさんには悪いけど」

「そうだな、旅はいいものだ。百聞は一見にしかず、という言葉が身にしみるものなあ。江戸の者はみんな旅に出たがる。――それにしても九州までやってきたっていうことは、その薬は江戸にはないってことだな。もしや南蛮渡りか。長崎に行くのかい」

「うん、そうだよ」

そのとき良美がなにかいいかけそうになったが、思い直したようにとどまる。

ふと佐助が耳を澄ませた。

「おっ、どうやら上がったようですぜ」

　確かに雨音が聞こえなくなっている。佐助が手を伸ばし、扉をあける。一陣の風が入り込んできた。涼しい風で、どこか秋の風情《ふぜい》がある。ちょうど夜が明けたところで、外はすっかり明るくなっていた。目覚めた鳥たちの鳴き声があたりを覆っている。

「佐助、行くのか」

「もう雨宿りする必要はありませんからね」

「その右の眉の傷はどうしたのだ」

「ああ、これですかい」

　佐助が手のひらで触れる。

「ちっちゃい頃、上《あ》がり框《かまち》から転がり落ちたんですよ。そのときの傷でさ」

「腕白《わんぱく》だったのだな」

「ただの悪さ坊主ですよ。じゃあ、あっしはこれで」

　佐助が笠や蓑をしまいはじめた。

「同道せずともよいのか」

「どうして一緒に行かなきゃいけないんですかい。それじゃあ、あっしが脅えているみたいじゃないですか」

「脅えておらぬのか」

「見ての通りですよ。それにあっしが一緒じゃあ、俊介さまたちが窮屈でしょうが。あっしも一人のほうが気楽ですぜ」

「そうか。ならばよい。佐助、気をつけていくことだ」

「ええ、せいぜいそうしますよ」

振り分け荷物を担ぎ、佐助が一礼する。

「俊介さまたちも元気でいてくだせえ。またお目にかかるかもしれませんね」

じゃあ、といって佐助が外に出ていった。

またこの先、佐助に会うのではないかという予感がある。

俊介たちもすぐさまあとに続いたが、佐助の姿はそのときにはどこにもなかった。

六

地面を削る勢いで降る雨が腕に当たり、かすかに刀尖《とうせん》が震える。

似鳥幹之丞はほんの少しだけ腕に力をこめた。それだけで刀尖の震えは止まった。

目の前の男は、正眼に構えている。

幹之丞も同じ構えをとっている。

男に隙がないわけではない。それでもゆったりとした構えで、下手に飛び込むとやられかねない怖さが感じられた。

なかなかいい腕をしておる。

だが、ここでためらってはいられない。幹之丞は存分に腰を押してから、ぬかるむ土を蹴《け》った。足にあまり力が入らなかったが、これは織り込み済みだ。

袈裟《けさ》懸《が》けに振っていった。相手が後ろに下がる。むん、と気合を放って幹之丞は胴に払った。これも男は横に動くことでかわした。

幹之丞は、すすっと小刻みに足を動かして相手を追った。これまで何度もぬかるみの上で戦ったことがある。戦い方は重々承知しているのだ。足の幅を狭めることが最も大事なことで、無理は禁物だ。深く踏み込むと、必ずといってよいほど足が滑る。体勢を崩したら、もうそれで勝負は決する。足をあまり上げることなく、能舞台を行くかのように進むのがこつである。

なおもするすると幹之丞は動いて、男を追いかけた。やがて、大木を背に男が動かなくなった。追い詰めたわけではない。男はここで秘剣とやらを遣うつもりでいるのだ。

どんな剣なのか。幹之丞は見極めるつもりでいる。

「来いっ」

初めて相手が言葉を発した。

「よし、行くぞ」

舌なめずりするような気持ちだ。心の臓がどきどきする。この感じは嫌いではない。

どうりゃあ、と幹之丞は激しい雨を吹き飛ばすかのような気合を発して突っ込んだ。

一瞬、男の動きがぴたりと止まった。真《ま》っ向《こう》上段から振り下ろそうとしていたが、その前に幹之丞は懐に飛び込んでいた。

「俺の勝ちだな」

竹刀《しない》の刀尖を男の首に突きつけて、幹之丞はにやりとした。

「うむう……今のはいったい……」

目をみはって、男はうなることしかできない。えらの張った顎を伝って、雨のしずくが次から次へと流れ落ちてゆく。

幹之丞もびしょ濡《ぬ》れで、ひどく着物が重い。だが、このくらいで動きが重くなるようなことは決してない。ふふ、と笑いをこぼした。

「相手が悪かったな。俊介は俺ほど強くはない。安心せい」

そういわれても、男はうちひしがれている。これまでほとんど敗れたことがないのではないか。

「わしの秘剣を見てもらおうとしたのに、その暇がなかった」

「案ずるな。おぬしの技のすごさは、大岡勘解由《おおおかかげゆ》より聞いておる。おぬし、雨が苦手なのではないか。動きが本調子ではなかったな」

慰めるようにいうと、男が愁眉《しゅうび》をひらいた。

「実はそうなのだ。このような滑る土の上は幼い頃から苦手にしているのだ。小さいときは転んでばかりいた。それが長じた今も直らぬ。未熟といわれれば、まったくその通りなのだが」

「俊介を殺《や》るときは、晴れの日を選ぶことだな。季節はじき梅雨《つゆ》に入る。急いだほうがよかろう」

「むろん、そのつもりだ。似鳥どの、もう一度立ち合ってもらえるか」

「もちろんだ。秘剣を見せてくれ」

「承知した。竹刀でどのくらいやれるものなのかわからぬが、威力のほどを見てもらおう」

間断なく降りしきる雨の中、幹之丞と男は再び竹刀を向け合った。竹刀も雨を含んで重くなっている。互いの刀尖からぽたぽたと水がしたたる。

「行くぞ」

竹刀を上段に振り上げ、幹之丞は叫んだ。

「来いっ」

大声で応じた男の竹刀は、小刻みに揺れている。これは雨粒を受けているせいではない。わざと揺らしているのだ。

幹之丞は足を滑らせぬように気を配りつつ、えいっとかけ声鋭く飛び込んでいった。

袈裟に弧を描いて男の竹刀が落ちてきた。さして速い剣ではない。むしろ遅いくらいだ。どういうわけか、竹刀がゆがんだ感じに見えた。だが、受けるのはたやすく、よけるのにも造作《ぞうさ》はない。

幹之丞は竹刀を見切って、よけるほうを選んだ。竹刀が目の前を通り過ぎていった。泥をはね上げて足を踏み出し、前に出ようとしたその次の瞬間、幹之丞はめまいに似たものを覚え、かすかに体がふらついた。

——これはなんだ。

狼狽《ろうばい》が背筋《せすじ》を走り、さっと後ろに下がろうとしたが、ぬかるみに足を取られ、思ったように体は動かなかった。

びしり、と音が鳴り、幹之丞は左肩に痛みを覚えた。うっ、と我知らず口から声が漏れる。片膝を突きそうになって、なんとかこらえた。肩を押さえて、男を見上げる。

男は、どうだ、といいたげな顔で目の前に立ちはだかっている。

ふう、と幹之丞は息を吐き出した。これほど完膚《かんぷ》無きまでにやられたのはいつ以来だろうか。思い出せない。

痛む左肩から手を離し、足を踏ん張って幹之丞は背筋を伸ばした。

「今のが秘剣か。おぬし、いったいどうやったのだ。どうやればあんなふうになる」

竹刀を肩にのせ、男が苦笑する。

「教えるわけにはいかぬ」

「すさまじいものだな。今の剣は、どうやって学んだ。道場伝来の秘剣か」

「いや、わし自ら編み出した。逼塞《ひっそく》しているとき、ほかになにもすることがなかったゆえ。ひたすら無敵の剣を目指して技を磨きに磨いたのだ。そうしたら、あのような剣ができあがった」

「まさに秘剣と呼ぶにふさわしいな。名はついているのか」

「竜穴《りゅうけつ》という」

一瞬、流血か、と幹之丞は思ったが、すぐにどういう字を当てるか、覚った。

「秘剣竜穴か。虎口《ここう》を逃れて竜穴に入《い》る、ということわざがあるが、まさに竜のねぐらに入り込むようなものだな」

唐突に雨が上がり、あたりは静寂に包まれた。鳥たちがかしましく飛び回りはじめた。あたりに山らしい山はないが、肥前のほうの低い山の頂《いただき》が望めるようになっている。先ほどまでは雨にさえぎられ、ほとんど視界がきいていなかった。これから天候は急速に回復するかもしれない。

髪を濡らしている水をさっと払って、幹之丞は男を見つめた。

「本当はもっと威力があるのであろう。竹刀では、やはり威力がちがったか」

「その通りだ。これまで真剣で用いたことはないが、竹刀では威力は半減するな」

「真剣ならば、あの倍以上の威力を発揮するのか。恐ろしい剣だ。おぬしの相手をせねばならぬ俊介は哀れなものよ」

本当にこの剣ならば、俊介を倒せるのではないか。この俺の出番はなくなるかもしれぬ。

それでもかまわぬ。そのほうがむしろありがたい。余計な手間が省けるというものだ。

「おぬし、主家《しゅか》の若殿を殺れるのか」

最も気がかりなことを幹之丞はただした。

「殺れる」

自信たっぷりに答え、男は肩をぐいっとそびやかした。

「その覚悟がなければ、わざわざ九州くんだりまで足を運ぶわけがない」

「それを聞いて安心した」

竹刀を腰に差し入れ、幹之丞は男をいざなった。

「よし、屋敷に戻るか」

「風呂に入れるか」

首筋を手のひらでぬぐって男がきく。

「できれば旅塵《りょじん》も落としたい」

「ああ、存分に浸かってくれ。広々とした湯殿がある」

「もしや温泉か」

「いや、残念ながらそうではない。九州には湯治場が多いらしいが」

道は林に入った。雨上がりということもあるのか、生い茂る木々からは香《かぐわ》しいにおいが濃く吐き出されている。

「似鳥どの」

後ろから男が呼びかけてきた。

「おぬし、若殿の寵臣を殺したというのはまことか」

「まことだ。若殿を江戸から外におびき出すために殺したのだ。若殿という身分の者は江戸では殺しにくいが、江戸を出てしまえば、いくらでも殺る機会があろうと思ってのことだ」

「だが、まだ殺っておらぬのだな」

眉根を寄せ、幹之丞は渋い顔でいった。

「うむ、なかなか手強《てごわ》い。だが、どういうわけか警護役をつとめていた皆川仁八郎という者が広島を境にいなくなった。なにがあったのか知らぬが、俊介を殺すにはこの上ない幸運よ」

「広島からいなくなったのか。その間、どうして襲わなかった」

「その役を負うべき刺客がおらなんだ」

「おぬしが殺ればよかったのではないか。若殿よりずっと腕が立つのであろう」

「俺が殺してもよかったのか」

　幹之丞は冷たい目で見据えた。

「いや、それは困る」

「そうであろう」

　ふっと男が嘆息を漏らす。

「ただそれだけのために、寵臣は殺されたのか。哀れなものよな」

「高い地位にある者は、自分がその地位にいるという理由だけで他の者の運命を左右することがある。昔から当たり前のことに過ぎず、寺岡辰之助が初めて命を奪われたわけではない。別段、同情を寄せるほどのことではなかろう」

　そうか、とだけ男がいい、あたりを見渡す。

「実に広々としたところだな」

「うむ、筑後川沿いにだだっ広い平野が広がっておる。天地がとてつもなく広い。俊介がやってくる久留米はここから目と鼻の先だ」

まわりは田畑ばかりで、ところどころ疎林や林が目につく程度だ。百姓家は何軒もあるが、一軒一軒が遠く離れている。村は半里ほど向こうに小さなものがあり、家がかたまって建っているのが望める。とにかく田舎《いなか》としかいいようがない場所だ。

「若殿はいつ来る」

目を上げて男がきく。

「まだわからぬ。もう九州の土を踏んだという報は入ってきておる。長く見てもあと数日というところであろう」

幹之丞たちは宏壮な屋敷の前にやってきた。瓦葺《かわらぶ》きの屋根が、雲間から顔をのぞかせた太陽の光を浴びて鈍い輝きを帯びている。

「おう、ずいぶん広い建物よな」

「ああ、すごかろう。建坪だけで七百坪あるそうだ」

「大名屋敷並みよな。わしの屋敷などこれに比べたら、馬小屋にもならぬ」

実際その通りだろうな、と幹之丞は思った。真田《さなだ》家は貧乏大名で、家中《かちゅう》の士から禄《ろく》の借り上げが行われている。家老などの主立った者を除き、屋敷も狭いに決まっている。

瓦がのった屋根つきの門の前に立ち、幹之丞はくぐり戸を押した。音もなくひらいてゆく。不ぞろいの形の敷石が出入り口のほうに続いているが、石の群れは微妙な調和を保っている。見ていて心が乱れないのがその証《あかし》だろう。敷石は雨に濡れて、渋い光沢を帯びていた。

「鬼形《おにがた》どの、先に入られよ」

うむ、と鬼形と呼ばれた男が身をかがめ、門をくぐった。続いて幹之丞も体を入れ、あとに続いた。くぐり戸を閉めると、屋敷内の冷涼な大気が身を包んだ。

「ここはいったい誰の持ち物だ」

「とある豪商の紹介だが、誰とはいえぬ。好きに使ってよいとのことだ」

「ほう、好きに使ってよいか。この世には豪毅《ごうき》というか、酔狂というか、変わった者がいるものよ」

鬼形は熊三郎《くまさぶろう》という名を持つ。文字通り、熊のような、がっしりとした体格をしている。なんでも嚙《か》み砕きそうな頑丈そうな顎に大きな歯が並んでいるその顔は、鬼のようにいかつい。

七

渡し船に乗った。

長崎街道を久留米の方角へと進むには、途中、遠賀川を渡らなければならない。長崎街道は遠賀川の西岸に沿って、しばらく走ることになるのだ。

「おきみ、怖くはないか」

舟縁をぎゅっと握って水面《みなも》を見つめているおきみに、俊介は声をかけた。おきみが顔を上げ、こちらを向く。

「全然だよ。のんびりしてて、このくらいなら舟はとても楽しいね」

「それはよかったのう」

おきみの横に座って、伝兵衛は満足顔だ。

激しい雨のあとで遠賀川は濁っていたもののさして増水しておらず、流れは相変わらずゆったりしていた。小さな舟ではあるが、ほとんど揺れは感じない。

雲は厚いが、ところどころ雲間ができており、青空が見えている。今は太陽も顔をのぞかせ、遠賀川の流れを穏やかに照らしていた。蒸し暑いのは確かだが、昨日と比べたら今日はずっと過ごしやすい。

いま対岸から鉄砲で狙われたらどうなるだろう。俊介は船底に腰を預けて、そんなことを考えた。舟はぎゅうぎゅう詰めというほどではないが、他の客がいるから狙いにくいのは確かだろう。それでも、手練《てだれ》の鉄砲放ちなら、距離も手頃で、必ず狙ってくるはずだ。櫓《ろ》をぎいぎい鳴らして、舟はゆっくり進んでいる。他の客など関係なく、鉄砲放ちの撃った玉は俊介の頭を確実に打ち砕くだろう。

鉄砲放ちについては心配はいらぬのではあるまいか、と俊介は楽観している。尾張《おわり》名古屋の近くと広島での二度、鉄砲の手練に狙われた。もらった硯《すずり》に玉が当たるなどの幸運もあったとはいえ、俊介は命を失うことなく、逆に鉄砲放ちを倒すことができた。人を殺すのに鉄砲は有効な手立てであるのはまちがいない。だが、俊介の命を狙って鉄砲放ちを雇った者は、結局しくじったのである。同じ手はさすがに使いにくいのではあるまいか。それに、あれほどの手練と同等か、それ以上の腕を持つ者がそうそういるはずもない。

腕利きの鉄砲放ちを誰が送り込んできたのか、それはいまだにわからない。次に刺客に襲われたら、その者を捕らえ、今度こそ吐かせなければならぬ。

一町ほどの川幅を横切って、渡し船は西岸へ無事に到着した。

雨に濡れた岸辺に足をつくと、泥に足が滑りかけたが、俊介は腰を落としてこらえた。おきみを素早く抱き上げ、少し歩いて乾いた土にそっと下ろした。

「俊介さん、ありがとう」

「いや、このくらい、なんでもないさ」

舟に戻った俊介は良美の手を取った。あたたかでやわらかい。このままずっと握っていたい衝動に駆られたが、そういうわけにはいかない。

「ありがとうございます」

「足元が滑るゆえ、気をつけてくれ」

「はい」

慎重に良美が岸辺に下りる。続いて俊介は勝江の手も引いた。

「わあ、私まで。ありがとうございます」

頬を紅潮させて勝江は感激の面持《おもも》ちだ。

「なんて、お優しい。私、俊介さまに横恋慕《よこれんぼ》しそう」

「横恋慕ということは、誰かほかの人が俊介どのに恋しているということかの」

舟を下りた伝兵衛が冷やかすように良美を見る。かあっと良美が赤くなる。

「私はそんな意味でいったわけではありません」

あわてて勝江が弁解する。おきみがおもしろくなさそうな顔をした。

「伝兵衛、つまらぬことをいうな。人をからかうのは、下らぬ男がするものぞ」

俊介が叱責《しっせき》するようにいうと、申し訳ござらぬ、と伝兵衛が深く頭を下げた。

「良美どの、勝江どの、今のは忘れてくだされ。済まぬことを申し上げた」

「いえ、別に謝られるほどのことではありません」

顔は赤いままだが、良美はすでに冷静な心持ちになっているようだ。

だが、もし良美が本当に慕ってくれているとしたら、どんなにうれしいだろう。

俊介たちは再び長崎街道に出た。四半刻《しはんとき》ほど歩くと、また雲行きが怪しくなってきた。西の空に黒雲があらわれ、それが徐々に近づいてきているのだ。今はまだ太陽が出ているが、いずれあの雲に隠されてしまうだろう。暑さは和らぐが、朝のうちのような雨は勘弁してほしい。

「また雨が降りそうだな。今日は無理をせず飯塚宿に宿を取ることにしよう」

俊介は伝兵衛や良美たちにいった。

「はい、それがよろしいでしょうな」

すぐさま伝兵衛が同意する。良美も、そういたしましょう、とうなずいた。

雨が降る前に飯塚宿に着きたいものだ、と俊介は思った。

「飯塚宿まで、あとどのくらいなの」

後ろからおきみがきいてきた。

「船着場に石の道標《みちしるべ》があったが、それによると、あと三里半といったところだな」

「けっこう近いね」

「そうだな。道がぬかるんでいなければ二刻で着くだろうが、今日はそういうわけにはいかぬ。倍近くかかろう」

左手に山塊が見え、右側には低い山並みが連なっている。その平野の真ん中を遠賀川が流れ、あたりには田畑が広がっている。じき田植えの頃で、田起こしがなされ、準備万端とととのっている様子に見えた。

秋にはたわわに実った稲穂が風に揺れるのだな、と俊介は思った。その頃、自分はどうしているだろう。似鳥幹之丞を討ち、江戸に帰っているにちがいない。

父幸貫の病も快復し、きっと昔の壮健さを取り戻しているだろう。

良美との仲はどうなっているのか。これればかりはわからない。大名に限らず、ほとんどの武家は自分で相手を選ぶことはできない。町人のほうがよほど自由だ。

今は、と俊介は思った。良美どののことを考えるのはよそう。なるようにしかならない。いま良美と一緒にいる。この一瞬一瞬を大事にすべきだろう。

低い山がまわりをめぐっている。

飯塚の町は平野の真ん中にあった。確かに平野ではあるが、盆地ともいえるような場所で、これから先、季節が真夏に移れば、相当の暑さに見舞われるのではあるまいか。

ここも木屋瀬と同様、遠賀川の水運が盛んで、大勢の人でにぎわっている。ただ、木屋瀬よりもずっと人々の声が荒々しく、物腰も荒っぽい感じの者が多いように見受けられた。まるで喧嘩《けんか》をしているかのように、老若男女が至るところでがなり合っているが、どうやらあれでふつうに話をしているらしい。とにかく、この飯塚の町の者たちはほかの土地の者には信じられないほど気性が荒いのだろう。良美や勝江に野卑な声をかけてくる者も少なくない。そのたびに俊介と伝兵衛がにらみつけるが、まさに蛙《かえる》の面《つら》に小便という風情だ。

やがて宿場に入った。それに合わせるかのように、雨が降り出した。だが、もう旅籠が軒を連ねているのが目に飛び込んできている。胸をなで下ろしつつ、俊介は一軒の旅籠の前に立った。まだ夕刻にもなっておらず、投宿するには早いが、雨に打たれて先に進む気にはならない。自分だけなら行ってもよい。だが、おきみや良美、勝江は足弱《あしよわ》である。伝兵衛も六十八の年寄りだ。ここまでよくがんばってついてきている。相当の疲れがたまっているはずだ。雨の日くらいは早めに宿を取り、できるだけ疲労を取ってやりたい。

「ここでよいか」

田主《たぬし》屋という看板を見上げ、俊介は伝兵衛にきいた。

「悪くありませぬ。客引きの女中がいないのもいいですな」

入口をのぞき込んで伝兵衛がいう。

「なかなか大きい旅籠だし、よいのではありませぬか」

「では、ここにするぞ。おきみもよいか」

「うん、いいよ」

元気に答えたおきみの頭をなでてから、俊介は振り向いて良美に目を当て、次いで勝江を見やった。

「ということだが、二人ともかまわぬか」

「もちろんでございます」

良美と勝江が声をそろえる。

うなずいた俊介は暖簾《のれん》を払った。

いらっしゃい、と女中が奥から出てきた。

どこかかび臭い一階の八畳間に、俊介たちは通された。部屋自体は昨日の見和屋のほうがずっとよかったが、いつもいつもよい宿に当たることはない。贅沢《ぜいたく》はいっていられない。雨風を避けられるだけで十分である。

女中が、もう風呂に入れるという。俊介たちは昨日と同じく、ありがたく湯に浸かった。

ぬかるんだ道というのは思った以上に疲労を強《し》いるらしく、湯船に体を沈めた途端、俊介の口から自然に吐息が漏れた。足がひどくこわばっている。それが湯の力で解きほぐされてゆく。

疲れたのだな、と俊介は実感した。今日も風呂場に刀は持ち込んでおり、すぐに手の届く壁に立てかけてある。風呂場の外には伝兵衛がいて、昨日と同じように警戒している。

風呂を出て、伝兵衛とともに部屋に戻ろうとした。

「おっ」

ちょうど廊下でかち合った男を見て、俊介は目をみはった。

「佐助ではないか」

佐助が驚きの顔を見せる。

「俊介さまたちもこの宿でしたかい」

「おぬし――」

目を怒らせて伝兵衛がにらみつける。

「わざと、わしらと同じ宿に泊まったのではあるまいな」

「よしてくださいよ」

馬鹿にしたように笑って佐助が手を振る。

「どうしてあっしがそんな真似をしなきゃいけないんですかい」

「命を狙われているゆえ、俺たちに守ってもらいたいのではないか」

軽い口調で俊介はいった。

「まだあっしが脅えていると思っていらっしゃるんですね」

顎に手をやり、佐助がにやりと笑ってみせた。不敵な笑みとしかいいようがない。商人の形《なり》はしているが、とても堅気《かたぎ》ではない。

「部屋はどこだ」

「この奥ですよ」

「本当に命を狙われておらぬのだな」

佐助の目を見て俊介は念を押した。

「ええ、狙われてなどいませんぜ」

「ならばよい」

伝兵衛をいざない、俊介は部屋に戻った。

夕餉のあと、雨音が聞こえなくなった。おきみが外に面した明かり障子《しょうじ》を少しあける。

「お月さまが出ているよ」

「どれどれ」

のそのそと伝兵衛が近づき、外を見た。

「ほんとじゃの。三日月が浮いておるわ。俊介どの、空は晴れて来つつあるようですじゃ」

「それはよかった。明日は今日のようなことはなさそうだな」

「はい、おそらく」

また伝兵衛がおきみと顔を並べて、外を見やる。

「それにしても、頼りない三日月じゃな。指で引っかけてやれば、くるんと回りそうじゃ」

「伝兵衛さんのいう通りだね。あの月なら、そういうふうにできそうよ」

「よし、では寝るとするか。明日も早い」

真ん中に衝立を立て、俊介たちは布団に横になった。

どのくらい眠ったものか。

目をあけた。なにか夢を見ていたようだが、中身はろくに覚えていない。父の夢だろうか。早く帰ってこいとおっしゃったのか。だが、それならもっとはっきりと覚えているはずだ。

顔を動かし、俊介は壁を見つめた。闇が居座っているが、常夜灯の明かりなのか、どこからか光が入り込み、真っ暗というわけではない。刻限は九つをまわったくらいか。起き出すにはいくらなんでも早過ぎるだろう。

いやな感じだ。重い空気がのしかかるようにしてきている。

身じろぎし、俊介は腕の中の刀をいつでも抜けるようにした。

これは昨夜、見和屋で覚えたものと同じものではないか。俊介がこの気配を覚えた直後、陽吉は死んだのだ。あのとき起きていれば、陽吉を救えたのだろうか。

ということは、と俊介は思った。いま何者かがこの旅籠に忍び入っているのだ。

腹にかかっている布団をのけ、俊介は起き上がった。

それとときを同じくして、簞笥《たんす》が倒れたような音が聞こえてきた。

刀を手に俊介はさっと立った。

どたん、という音がまた耳を打った。ぎーん、と鉄同士が打ち合う音が続く。それが何度か連続して届いた。

近い。すぐそばだ。同じ宿の中で戦いが起きている。

考えるまでもない。佐助に決まっている。あの男、やはり狙われたのだ。

「俊介どの」

すでに伝兵衛は立ち上がっていた。刀を左手に提げている。

「うむ、佐助が襲われたのだろう」

良美と勝江は布団の上に座り、衝立越しにこちらを見ている。勝江が良美を守る姿勢を取っている。おきみも目を覚まし、体を起こしていた。

「伝兵衛、そなたはここにおれ。皆を守ってくれ」

「俊介どのは」

「見過ごすわけにはいかぬ」

剣戟《けんげき》の音は続いている。宿中《やどじゅう》の者が起き、息をひそめている。そんな空気が充満していた。

「では、行ってくる」

「俊介どの、気をつけてくだされ」

伝兵衛は懇願の表情だ。俊介のことを案ずる気持ちが痛いほどに伝わってくる。

「むろんだ」

帯に刀をねじ込んだ俊介は力強く答えた。

良美に目をやり、すぐ戻る、という意味を込めて俊介はうなずいてみせた。良美がうなずき返してくる。

障子をあけ、俊介は廊下に出た。

五間も走らなかった。

草木がごちゃごちゃと植えられている狭い庭で、二つの影がもつれ合うかのように宙を舞っている。

二人とも短い刀が得物《えもの》だ。一人は佐助で、道中差を手にしている。もう一人は黒ずくめの男で、脇差《わきざし》よりもやや長い刀を握っていた。鍔《つば》が四角くなっている。あれは忍び刀ではないか。軍記物に出てくる忍びそのものである。

忍びといえば、と俊介は唐突に思い出した。弥八《やはち》は今どこでなにをしているのだろう。最近、顔を見せない。

「佐助っ」

怒鳴り、俊介は庭に下りた。

はっとして佐助が俊介を見る。隙と見て、黒ずくめの男が斬りつけた。

身軽くよけた佐助が深く踏み込み、逆に道中差を繰り出した。

黒ずくめの男は刀を振るって、弾《はじ》き上げた。またもぎーんと耳障りな音が立ち、火花が闇に散った。

黒ずくめの男が俊介を気にする。黒頭巾《くろずきん》の中から二つの目がじっと見た。

正直、俊介はぞっとした。人の気持ちをなくしたかのような冷たい目だ。

佐助が突っ込んだ。黒ずくめの男はさっと体をひるがえした。

道中差をきらめかせて佐助が追う。黒ずくめの男は低い塀に向かって走った。

塀が眼前に迫ると、一気に跳躍した。塀の上を軽々と体が越えてゆく。いくら塀が低いとはいえ、常人にできる業《わざ》ではない。

塀のところまで行って佐助が足を止めた。いまいましげに黒ずくめの男が消えていった方向をにらみつけていたが、ふう、と息をついて戻ってきた。

俊介の前にやってきた。道中差を抜いたままであるのに気づき、後ろに隠すように回した。鞘《さや》は部屋の中なのだろう。

「怪我《けが》はないか」

「ありやせん」

平静な声で佐助が答える。激しい戦いの直後、これだけ冷静でいられるというのは、よほど場数を踏んでいるからか。

「今のは誰だ」

佐助を見つめ、俊介はただした。

「さあ、わかりません」

肩をすくめて佐助が首を横に振る。

「あんな黒ずくめの男に襲われたのは初めてですからね」

「そなた、やはり命を狙われていたのだな。今のは、陽吉を殺ったのと同じ者だな」

黒ずくめの男は、陽吉と同じように佐助を病のように見せかけて始末するつもりで部屋に忍び込んだ。だが、陽吉のようにはされまいと警戒していた佐助に気づかれ、互いに得物を手にしての戦いになった。こういうことではないか。

「さて、どうですかね」

ふと顎に手を触れ、佐助が苦い顔になる。

「ちっ」

「やられたのか」

「かすり傷ですよ」

「どれ、見せてみろ」

意外に素直に佐助が顎を持ち上げた。暗くて見にくいが、たいして血は出ていない。

「確かにかすり傷だな。唾を塗り込んでおけば平気だろう」

「いわれずともわかっていやしたよ」

腕組みをした俊介は、先ほどと同じ問いを発した。

「今のは誰だ」

「ただの物取りでしょう」

「あくまでも、そういい張るつもりか」

「だってそれしか考えられないですから」

宿の者たちが近くまで来ている。いかにもおそるおそるという風情だ。

「あの、いったいなにがあったのでしょう」

田主屋のあるじらしい初老の男がおずおずとたずねてきた。

「主人」

素っ気ない口調で佐助が呼びかける。

「物取りだ。宿役人《しゅくやくにん》を呼んでくれ」

「は、はい」

あるじが答え、あわててきびすを返した。

第二章　泥んこ遊び

一

ぱらぱらと当たった。俊介は笠を上げた。頭上から冷たいものが落ちてきている。

「また降ってきたのう」

笠を傾けて、憂鬱《ゆううつ》そうに伝兵衛が雨空を見上げる。

「まったく、うっとうしい空じゃな」

黒と灰色が入りまじった雲が幾重《いくえ》にもとぐろを巻いて頭上に居座り、途切れることなく大粒の雨を吐き出してくる。土に穴がうがたれて、水柱が立つ。地面はあっという間にぬかるみ、滑りやすくなった。

強い雨が降りはじめることは前もってわかっていたので、すでに俊介たちは蓑を着込んでおり、あわてるようなことはなかった。とはいえ、また雨というのは、気持ちを重苦しくする。

「梅雨の走りですかのう」

頬についたしずくを払って、伝兵衛がいう。

「九州は、江戸などより梅雨が来るのが早いのですかのう」

「そうかもしれません」

後ろから勝江がいった。

「江戸で暮らしはじめて、梅雨入りが故郷に比べて遅いなあと思うことが何度もありましたから。もしかすると、十日から半月はちがうのではないかと思います」

「ほう、そんなに異なるものか」

感嘆の思いを込めて俊介はいった。梅雨のはじまりがちがうなど、日《ひ》の本《もと》の国というのは相当広いことを思い知らされる。海の向こうには日の本の国よりもずっと広い国がいくらでもあると聞いているが、だとしたら、そういう国々は想像もつかない広さなのではないか。まさに果てしないとしかいいようがない。

「それなら、梅雨明けするのも早いのかしら」

笠を傾けたおきみが勝江を見上げてたずねる。おきみに話しかけられるとは思っていなかったらしく、勝江がちょっと驚いた顔をしたが、すぐに大きくうなずいた。

「そうよ、おきみちゃん。早く梅雨入りする分、梅雨明けも早いと思うわ」

「ふーん、そうか。梅雨の長さって、決まっているんだね」

「そういうことになろうの。だいたいひと月半じゃの」

雨がさらに激しさを増してきた。ぬかるんだ街道は、泥田の様相を呈してきた。傾斜に沿って水が流れ、水田の溝に勢いよく落ちてゆく。これだけ足元が悪いと、一歩、進むのにも苦労する。

しかもいま俊介たちがいるのは冷水峠《ひやみずとうげ》といって、長崎街道の一番の難所である。なんでも、東海道の箱根に匹敵するのだそうだ。

おきみのことが気になり、俊介は背後を見た。伝兵衛が、おきみの手をしっかり引いているのを見て一安心した。

良美は勝江と手をつないでいる。俊介は自分がその役をしたかったが、嫁入り前の女性《にょしょう》に対し、そんな真似ができるはずがない。

それでも、じりじりと進んだ俊介たちはあと少しで峠のてっぺんまで行けるところまで来た。だが、それがとてつもなく遠く感じられる。

「ああっ」

「きゃっ」

いきなり伝兵衛の叫び声とおきみの悲鳴が耳を打ち、俊介はさっと振り向いた。先に伝兵衛が足を滑らせ、その巻き添えを食ったらしいおきみが転びそうになっている。あわてて俊介は後戻りをして手を伸ばしたが、その前に良美が身を躍らせていた。

「きゃあ」

良美が急に前に飛び出したので、そのあおりを受けて勝江がびしゃん、と泥をはね上げて尻餅《しりもち》をついた。

伝兵衛に横に引っぱられたおきみは手を離し、なんとかこらえようとしたものの、力尽きて勝江と同じように尻を泥に沈めそうになった。だが良美の動きは素早く、おきみの下に腹這う形で滑り込んでいた。おきみが良美の背中の上に、どすんと尻を打ちつける。

「きゃっ」

予測していなかった感触に、おきみが声を放つ。こわごわと下を見た。首を曲げて見上げている良美と目が合う。

「あっ」

狼狽の声を出して、おきみが立ち上がった。

「ご、ごめんなさい」

こうべを垂れて謝り、おきみが良美に手を伸ばす。笑みを浮かべた良美が小さな手を握り締める。

おきみが良美をぐいっと引っぱった。あっ、と俊介は声を上げた。

「まずいっ」

その声は二人に届いただろうが、ほとんど意味をなさなかった。力を入れすぎたおきみが足を滑らせ、咄嗟《とっさ》に支えようとした良美も体勢を崩して、二人はもつれ合うようにして倒れ込んだ。ばしゃっと音を立てて泥水がはね上がった。

「大丈夫か」

足を滑らせつつ俊介は駆けつけたが、二人はすっかり泥まみれになっている。

そのさまは、まるで雨上がりの水たまりで遊んでいる子供のようだ。

泥の上に座り込んで、二人は呆然《ぼうぜん》としている。全身で泥をかぶっていた。

ふふ、と不意に良美が笑いを漏らした。それに合わせたように、くすっ、とおきみも小さく笑った。

二人の笑いは徐々に大きくなってゆく。ついに雨音すらもかき消す笑い声になった。二人とも心から楽しそうだ。

「どうされたのです、良美さま」

おかしくなってしまったのかと案じたらしい勝江が、良美の顔をのぞき込む。

「だって、こんなに愉快なこと、ないじゃないの」

蓑や着物だけでなく、笠と顔にも泥が一杯についている。頭のてっぺんから足の先まで泥をなすりつけられたようになっている。それにもかかわらず、良美はうれしくてたまらない様子だ。

「愉快って……」

啞然《あぜん》として勝江が言葉を失う。

「勝江さん。こんなにおもしろいこと、そうそうないよ」

泥だらけの顔でおきみもにこにこ笑う。

「ああ、なるほど、そういうことでございますか」

首を一つ二つと振って、勝江が納得したような顔になる。

「つまりお二人は泥んこ遊びのおかげで、すっかり仲よくなられたということでございますね」

いわれておきみが良美を見る。

「良美さん、あたしたち、仲よしなの」

「ええ、私たちはとっても仲よしよ」

にこりと笑って良美が断言する。

いきなり目から涙をあふれさせておきみが、ごめんなさい、といった。顔の泥が洗われ、涙の筋ができた。

「これまで良美さんには、とても悪いことをしてきたわ。本当にごめんなさい」

「おきみちゃん、謝らなくてもいいのよ」

おきみの肩を優しくかき抱《いだ》いて、良美が何度も首を横に振る。

「ごめんなさいといわなきゃいけないのは、私のほうよ。あとから割り込んできたのは私たちなんだから。おきみちゃんが私たちのことを気に入らなかったのも当たり前だわ」

「でも、自分でも大人げないなあってわかっていたのよ。でも、どうすることもできなかった」

まだ六歳なのにこんなことをいうなど、女の子というのはまったくませているな、と俊介は思った。同じ年頃の男の子が幼く見えてしまうのは、仕方のないことだろう。

「おきみちゃんが大人げないなんてことないわ。私が今のおきみちゃんの頃は、わがままばかりいっていたもの」

「とんでもない」

強い口調でいったのは勝江である。

「良美さま、まるでわがままが直ったかのようなおっしゃりようですね。今だって十分すぎるほどわがままですから」

「あなた、なにをいっているのですか。泥を投げつけますよ」

「どうぞ、おやりになってください」

突き出した勝江の顔に、べしゃっ、と音を立てて泥が広がった。

「あっ、良美さま、ひどい。本当に投げつけるなんて」

両手で泥をぬぐって、勝江が泣きそうな声を出す。

「いいえ、勝江、私じゃありませんよ」

目を丸くした良美がかぶりを振った。

えへっ、とおきみがいたずらっぽく笑う。

「勝江さん、ごめんなさい」

「おきみちゃんだったの」

「勝江さんも仲間にしたくて、我慢できなかったの」

「良美さまのおかげで私も尻餅をついていたんだけど、まあ、いいか」

そのあとが大変だった。強い降りの中、着替えができるところを探さなければいけなかったからだ。

山中ということもあってその手の建物は見つからず、冷水峠を下りた先にある山家宿《やまえ》まで、泥んこの姿のままで良美たちに歩いてもらった。かしましくしゃべりながら行く三人の女は、心から楽しそうだった。

男という生き物は喧嘩をすると仲よくなるが、女はこういうきっかけでむつまじくなるものなのだな、と俊介は感心した。

山家宿に着いたときには、日暮れが近くなっていた。これ以上、良美たちを歩かせるのは無理なので、俊介たちはこの宿場に宿を取った。岩城屋《いわき》という旅籠だった。もしや佐助がいるのではないかと思ったが、その姿はどこにもなかった。

汚れた着物を自分たちで洗濯し、それから良美たちは三人で風呂に浸かった。三人のあとに俊介と伝兵衛も入った。雨に打たれたあとだけに、さすがにほっとする。風呂がこんなに気持ちのよいものであることを初めて知ったような気分になった。

二

雨は夜半に上がり、翌朝はまぶしいくらいの青空が頭上を覆っていた。

九州の空は江戸とはちがうのだな、と俊介は感じた。こちらのほうがずいぶん明るい。

久留米まではあと七里ほどまでに近づいており、俊介たちは無理に旅籠を早く出る必要はない。ふだんより一刻ばかり余裕を見ても大丈夫だろう。

早出の旅人が旅籠を次々に出てゆくのを横目に悠々と朝餉をとり、六つ半というこれまでにない刻限に出立した。のんびりできたおかげで、より疲れが取れたような気がする。

ちょうど白い雲がいくつも空にかかり、陽射しを和らげてくれた。道を行くのに、この上ない日和《ひより》となっている。

山家宿の次の宿場は、原田《はるだ》宿である。ここは長崎街道において筑前最後の宿場となることもあって、黒田家の関番所が設けられている。筑前最初の宿場である黒崎の関番役人からもらった往来手形を、ここで返す決まりになっている。

無事に原田宿を通過し、俊介たちは二刻ばかり一気に歩いた。俊介たちを強い陽射しから守るように、雲の群れは常に頭上に浮かんでいる。途中、筑前と肥前《ひぜん》の国境《くにざかい》に当たる三国峠《みくにとうげ》でしばしの休息を取った。

峠には、従是《これよりひがし》東筑前国、従是西肥前国と彫り込まれた一本の石柱が立っている。六寸角ぐらいで高さは七尺ばかりある。

「おきみ坊、実はこの石柱は一本じゃないんじゃぞ」

　国境石と呼ばれる石柱をなでて、伝兵衛がいった。

「あっ、本当だ。二本あるね」

　うむ、と伝兵衛がうなずいた。

「文字が彫られた石柱が背中合わせになっておるじゃろう」

　こんな石は初めてで俊介は驚いた。良美もしげしげと眺めている。勝江はさすがに知っていたようで、表情に変わりはない。

「この二つの石柱のあいだを筑前、肥前の国境が通っているのじゃよ」

　得意げに伝兵衛がいい、二つの石柱のあいだに指を走らせる。

「へえ、そうなの」

　感心したようにいうと、少し下がったおきみがさっと両足を広げた。へへ、と笑ってみせる。

「あたし、いま筑前と肥前の両方に立っているわけね」

　はっはっ、と伝兵衛が口を大きくあけて笑った。

「おきみ坊のことだから、必ずやると思ったわい」

「でも伝兵衛さん、どうしてここは三国峠というの。二つの国しかないじゃない」

「おきみ坊、よく気づいたの。実はこのすぐ近くを、筑後の国境も走っているんじゃ」

「ふーん、そうなの」

「こんな入り組んだ土地じゃから、領地争いは絶えず繰り返されてきての。この石柱が立つまでは、なかなか解決できなかったそうじゃよ」

「領地争いか。人というのは、いつの世も同じことを繰り返すものねえ」

六歳のおきみがしみじみいうものだから、俊介たちは思わず笑ってしまった。

竹筒の水で喉を潤してから、俊介たちは再び歩きはじめた。国境だからといって三国峠には別に番所などは設けられておらず、誰何《すいか》してくる者はいない。

それから一里半ほど歩いて、俊介たちは田代《たしろ》宿に到着した。この宿場は五町ほどにわたって家並みが続いている。意外といってはなんだが、人通りが多く、盛っている様子だ。

「この宿場で長崎街道とはお別れです」

むしろうれしげな口調で勝江がいった。故郷の久留米が近づいてきて、胸が高鳴って仕方がないのだろう。

「ここ田代宿は、久留米街道との追分《おいわけ》となっています。もうじき追分石が見えてくると思います。ただし、とても小さいので見落とさないようにしてください」

「おっ、あれがそうかな」

いち早くそれらしいものを見つけた俊介は指をさした。確かに小さく、まるで地蔵のような大きさだ。

追分石のところで、一本の道が左側へ斜めに延びている。まっすぐ走る長崎街道寄りに追分石は置かれ、それには『右さか　左くるめ』と彫られていた。

腰をかがめ、おきみが追分石をのぞき込む。

「左が久留米ってのはわかるけど、右のさか、ってなに。この先に坂があるの」

「いや、おきみ坊、これは佐賀のことじゃよ」

「あっ、そうか」

恥ずかしそうにおきみが自分の頭をこつんと叩いた。

「気づかなかったわ。肥前佐賀のことね。鍋島さまの治めていらっしゃるところだわ。つまり、この田代っていう宿場はもう鍋島《なべしま》さまの領地ということね」

「おきみ坊、それがちがうんじゃよ」

にやっと笑って伝兵衛がいう。

「ここは、対馬宗家の飛び地となっておるんじゃ」

「つしまそうけって」

「対馬はわかるじゃろう。九州の北に浮かぶ島国のことじゃ」

「ああ、わかったわ。つしまそうけって、対馬の宗さまってことね。宗さまは朝鮮と交易をしているお大名だわ」

「うむ、その通りじゃ」

満足そうに伝兵衛が顎を引く。

「でも、どうして肥前に対馬さまの飛び地があるの」

「対馬は米がたいしてとれぬからの、公儀が米のとれるところを与えたんじゃ。このあたりだけで一万石はあるはずじゃ」

「お米がとれないって。だって対馬さまって十万石でしょ」

「宗家は朝鮮と交易を行っておる。実際には二万石程度の石高しかないが、相手との体面もあり、公儀が十万石の家格の大名として扱っておるのじゃよ」

「ふーん、そうなの。それで、どうして対馬さまはご公儀から一万石もの飛び地をもらえたの」

「公儀に忠誠を誓わせるためといわれておるの。米がとれぬ対馬に一万石もの米の収穫がある領地を与えておけば、公儀に真心を持って仕えてくれるだろうと願ってのことじゃ。なにしろ朝鮮との国境の家じゃからの。公儀としてもいろいろと事情があるのじゃろう」

「そういうことなんだ。なんとなくわかったわ」

田代宿には宗家の代官所や学問所もあり、対馬からやってきた役人が働いているらしい。その下では大勢の地元の者が使われているという。また朝鮮から入ってくる漢方や朝鮮人参《にんじん》から薬をつくり、日の本の国全体に売りさばいているそうだ。浅学にも俊介は知らなかったが、田代売薬といって有名とのことだ。

追分を左に入り、俊介たちは久留米街道を進んだ。まわりは平坦で、ずいぶん天地が広く感じられた。渡る風も幾分か涼しい。

ああ、と勝江が声を上げた。

「見えてきました」

おきみが背伸びをする。

「あれが久留米の町なの」

「そうよ」

「お城は見える」

じっと見ていた勝江が眉を曇らせる。

「ここからじゃ、残念ながらまだ見えないわ」

「ご天守は立派なんでしょうね」

「久留米のお城に天守はないのよ」

「えっ、そうなの」

「でも、櫓《やぐら》は七つもあるのよ。みんな、二層か三層の造りだけど、その中でも辰《たつ》巳《み》櫓は見事なものだと思うわ。天守といっても差し支えないほどだと思うのだけど、どうかしら」

久留米街道を南にくだり、俊介たちは川を一つ渡った。これは宝満川《ほうまんがわ》とのことだ。勝江によれば、この川が肥前と筑後との国境になっているという。宝満川は久留米城のすぐそばで、筑後川に合しているそうだ。

さらに歩くと、宝満川とは比べものにならない大河に出た。雲間から顔をのぞかせた日を受けて、広々とした河原が赤みを帯びて照らし出されている。大河の流れは滔々《とうとう》とゆったりしている。

ありったけの荷を積んだ船が行きかっている。帆を一杯にふくらませ、誇らしげに上流に向かう船も少なくない。船に乗っている者たちの顔ははつらつとし、仕事に生きているということを如実に伝えてくる。

「これが筑後川か。なんて雄大なんだろう」

俊介の口から、自然に嘆声が漏れ出た。伝兵衛や良美、おきみも見とれている。勝江だけが懐かしいような、誇らしいような、そんな顔つきをしていた。

東の方角に脈々と連なる山並みが望め、この大河はそちらに源があるようだ。

「すごく大きい川ね」

前に出た伝兵衛がおきみの横に立つ。

「おきみ坊、大川とどっちが大きいかのう」

「そうね、同じくらいじゃないの」

「同じくらいかの。そうかもしれぬの」

相変わらずだな、この二人は、と俊介は心中で笑った。いくらなんでも、隅田川が目の前の川より大きいわけがない。

「これを越えれば久留米か」

つぶやいて俊介は対岸を眺めた。昼が長い時季といっても、さすがに太陽は傾いている。そのやわらかな陽射しを浴びて、対岸に城が見えている。勝江のいった通り、確かにいくつかの櫓が目につく。自然の要害として、筑後川を外堀としているようだ。

筑後川は筑前、肥前、筑後の三国を縫うように流れていることでそれ自体が要衝と見なされており、大名の謀反《むほん》をなにより恐れる公儀の命《めい》により、架橋を禁じられている。大軍が障害もなく自在に動くことができる橋というものは、公儀にとって大いなる脅威なのだ。旅人のことを考えたら橋を架けたほうがよいに決まっているのに、決してそういうことをしない。筑後川は暴れ川として知られ、橋を渡してもすぐに流されてしまうという事情もあるにちがいないが、やはり架橋してもらいたいものだと心から思う。

俊介たちは渡し船に乗った。船頭が櫓《ろ》の音も軽やかに大勢の客が乗り込んだ船を進ませる。橋を架けたら、この船頭は職を失うことになるのだな、と俊介は気づいた。渡し船を造る船大工も仕事が減るのはまちがいない。いろいろとむずかしいものだな、と考えざるを得ない。

ゆるやかな流れを力強く突っ切って、渡し船が徐々に対岸に近づいてゆく。久留米という町が相当大きいということが、はっきりとわかる。さすがに、有馬家二十一万石の城下町だけのことはある。

渡し船が着き、俊介たちは胸をふくらませて岸に下りた。ついに久留米に着いた。俊介は胸が一杯になった。とうとうやってきたのだ。叫び出したいくらいである。

だが、実際にはなに一つとして遂げていない。ただ久留米に到着したに過ぎない。俊介は冷静さを取り戻した。果たして似鳥幹之丞はこの地にいるのか。

ついに久留米にきたことで、もしかすると良美とはこれが最後になるかもしれない。

「おなかが空《す》きませんか」

勝江が期待をこめた顔でいってきた。

「ああ、例のうどん屋か。江津屋といったか」

俊介は伝兵衛たちに確かめた。

「勝江が、しつこいほどにうまいといっているうどんだ。味を確かめたいな」

「もちろんでござる。ちょうど小腹が空いておるところでもあり、よいのではござらぬか。旅籠の夕餉も楽しみじゃが、その前にうまいうどんをすするのも最高でしょう」

「あたしも食べたい。うどん、大好き」

「勝江の故郷のうどんがどの程度のものか、私も知りたいと存じます」

「全員賛成か。よし勝江、案内してくれ」

承知いたしました、と張り切った声を出した勝江が先頭を切って歩き出す。

久留米城下はにぎわっており、町の者たちの表情は実にすがすがしい。景気がよいのだろうか。悪いにしても顔には出さないたちなのか。とにかく雰囲気がとても明るい町である。

よい町だな、と俊介は好感を抱いた。江戸っ子に劣らずこの者たちは祭りが大好きなのではないか、という気がしてならない。

ただ、幾分か物々しさを感じさせるのは、辻《つじ》などに目つきの鋭い侍が身じろぎ一つせずに立っていることだ。一目で目付《めつけ》の類とわかる者たちである。俊介たちにも厳しい眼差しを注いできた。

城でなにかあったのだろうか。それとも、この者たちは誰かを捜しているのか。もしや目当てが良美ということはないだろうか。

良美自身、そうは思っていないのか、平気そうな顔をしている。もっとも、目付の中に笠をかぶる良美の顔をわざわざのぞき込むような者は一人もいない。そのことからして、少なくとも女を捜しているわけではないようだ。

「なにがあったのでしょう」

前を行く勝江が気がかりそうにいう。

「このようなことは滅多にあるわけではないのだな」

すぐさま俊介は勝江に確かめた。

「はい。でも、なにしろ私が最後に久留米の町を見たのは十年も前のことですから、今はこれが当たり前なのかもしれません」

「いや、ちがうだろう。町人たちも明らかに気味悪がっている。これは常にあることではないことを示している」

明るい表情で辻に差しかかっても、目つきの悪い侍を目の当たりにして、ぎくりと顔をこわばらせる者が相次いでいるのだ。

良美もちらちらと侍たちを見ている。だが、なにがあったのかたずねるわけにもいかず、そのまま行きすぎるしかない。

「やっているかしら」

江津屋が近づいてきたようで、勝江が独《ひと》り言《ごと》のようにつぶやいた。

「やっていればよいのだけれど」

「ここまで来てやっておらぬなどといったら、勝江どのの首を刎《は》ねたくなるのう」

冗談めかして伝兵衛がいったが、半ば本気とも取れないことはない。俊介もそうだが、すでにうどんの腹になっているのだ。今から別のものにといわれても、なかなか納得できるものではない。

「えっ、そんな。でもやっていると思うんですけど。あっ、やっています」

勝江が声を弾ませた。

「どこに店がある」

それらしい店は俊介の視野に入っていない。見えているのは武家屋敷ばかりで、うどん屋らしい店は一軒もない。

「においがするんです。ああ、いいにおい。まちがいありません、これは江津屋さんのうどんのにおいです」

勝江にいわれて、俊介たちは鼻をくんくんさせたが、ぴんとこない。

「さっぱりわからぬな」

「私もです」

「それがしもわかりませぬ」

「あたしも同じよ」

「えっ、さようですか。こんなにはっきりとしたにおいがわからないのでございますか」

「うむ、わからぬ」

「勝江どのは鼻がきくのう」

「はい、確かに昔からそういうふうにいわれていましたが、なにか不思議な気持ちです」

「しもしないにおいを嗅げるあなたのほうが、よほど不思議です」

それからさらに二町ばかり進んだ。久留米城から見て、かなり南へくだった町である。この界隈《かいわい》は表通りには商家が軒を並べ、裏手には町人の家や長屋が建ち並んでいるようだ。道には町人の姿しかなく、侍の姿は一人も見当たらない。

勝江が右に折れ、狭い路地を入った。奥に一軒の店がようやく見えた。暖簾が風にゆったり揺れている。だしのにおいがしはじめ、俊介たちの腹の虫を騒がせるに十分すぎるほどだった。

腰高障子に『うどん　江津屋』と黒々と書かれている。暖簾は茶色の無地のものだ。

腰高障子の前に立った勝江が深く息をする。

「勝江、早く入りなさい」

「まだ落ち着かなくて。なにしろ十年ぶりに入るのですよ。念願の夢がかなう瞬間なのですから」

「早く入りなさい。みんな、おなかを空かせているのですから。あなたが戸をあけないのなら、私があけますよ」

「いえ、その役は是非とも私にやらせてください」

もう一度大きく呼吸してから、勝江が腰高障子を横に引いた。

「ごめんください」

腰高障子があくや、俊介はだしのにおいに体を包まれた。

「うわあ、いいにおい」

中は座敷になっていた。かなり広く、十六畳くらいはありそうだ。すでに先客が大勢おり、笑みを浮かべてうどんをすすっている。

戸口に立ち、勝江がしばらく厨房《ちゅうぼう》のほうを眺めていた。

「勝江、なにをぼうっとしているの」

良美が優しくきいた。

「ああ、すみません」

いらっしゃいませ、と寄ってきた若い娘にいざなわれて俊介たちは座敷に上がった。相変わらず勝江は落ち着かない。そわそわしている。娘は品のよい絣《かすり》の着物を着ている。これが噂に聞く久留米絣なのではないか。

気づいたように勝江が娘を見つめる。

「もしかして、さっちゃん」

注文を取ろうとした娘がいきなり呼ばれて、戸惑いを見せる。

「は、はい。そうですけど」

少し顔色が悪い感じの娘だが、器量はよく、切れ長の目が美しい。さっちゃんというくらいだから、さちという名だろうか。

「私よ、わかる。勝江よ」

えっ、と娘が目を丸くする。

「おかっちゃんなの」

娘が大きく目を見ひらき、まじまじと見る。

「ああ、ほんと、おかっちゃんだ。帰ってきたの」

破顔した。すると、顔色の悪さが少しだけ消えた。

「うん。でも、またすぐに江戸へ戻るかもしれないけど」

本当にどうする気でいるのだろう、と俊介は思った。良美は今日にでも久留米城に赴く気でいるのだろうか。今夜の宿にしても、俊介たちは旅籠に泊まるつもりでいるが、良美はどこで寝るのだろう。もちろん俊介たちと一緒に泊まってもかまわないのだが、父親のいる城がすぐそばにあるというのに旅籠を宿とするのも、なにか妙な話ではある。

「そう、おかっちゃん、帰っちゃうんだ。残念ね」

「少しは長くいるかもしれないのだけど。さっちゃん、きれいになったね」

「えっ、そう」

「旦那《だんな》さんはいるの」

勝江にきかれて、わずかに間があいた。それから娘はゆっくりとかぶりを振った。

「ううん、まだなの」

「そう、一人か。なんか安心したわ。でもさっちゃん、少し顔色がすぐれないようね」

「ああ、風邪気味なの。おかっちゃんは旦那さん、見つけたの」

「私は一人よ。きっとこの先もずっと一人だわ。ねえ、正八郎さんは元気なの」

その名を耳にした俊介は、勝江をそっと見た。正八郎といえば、この前、勝江が寝言で口にしていた名ではないか。

「お兄ちゃんはもちろん元気よ。おかっちゃん、元気にしているかなって気にしていたから、顔を見たらすごく喜ぶと思うわ」

「えっ、ほんとに」

勝江が喜色をあらわにした。

「正八郎さん、そんなこといってたの」

「うん、そうよ。おかっちゃんのことは、よく噂するもの」

「うれしいな。おじさんとおばさんは元気にしているの」

うつむき、娘は少し暗い顔になった。

「ううん、二人とももう……」

口をあけ、勝江が愕然《がくぜん》とする。

「えっ」

「おとっつぁんが亡くなったら、おっかさんもあとを追うように……」

「そうだったの。知らなかったわ。いつもおいしいうどんを食べさせてもらっていたのに」

「もう五年も前のことだから。――おかっちゃん、それでなんにする。あまりお待たせしちゃいけないわ」

娘が俊介たちを気にする。

「ああ、そうだったわね。――すみませんでした、長話をしてしまって」

「いや、かまわぬ。懐かしさに会話が弾むのを見るのは、とても気持ちがよいゆえ」

「ありがとうございます。――さっちゃんもごめんね。忙しいときに」

「いえ、あたしも久しぶりにおかっちゃんの顔を見られて、うれしかった」

「うれしいっていわれて、私もうれしいわ。――俊介さま、良美さま、私のお薦めのものでよろしいですか」

「もちろんだ」

「さっちゃん、ざるうどんを五つ」

「承知しました。おかっちゃん、ゆっくりしていってね」

「ありがとう」

注文を通すために娘が去った。

「今の娘はさちというのか」

茶をすすって俊介は勝江にたずねた。

「さようです。おさちちゃんというのが、おさっちゃん、それから、さっちゃんになりました。いつからさっちゃんと呼びはじめたのか、覚えてはいないのですけど」

あまり待つことなく、うどんがやってきた。それにしても、かなりの盛りだ。おきみは食べきれるだろうか。

「伝兵衛、全部いけるか」

「このくらい、なんでもありませぬ。うどんはわしの友垣みたいなものでござる」

「どういう意味だ」

「それだけ慣れ親しんできたということにござる。俊介どの、安心してくだされ、残すようなことは決してござらぬ」

「大丈夫ですよ」

胸を叩くように勝江が請け合う。

「必ず全部食べきれます。おきみちゃんも平気だからね」

「うん、ありがとう」

「すごくきれいなうどんね。光沢を帯びているもの。新鮮なお刺身みたい」

「良美さまも、能書きを垂れていないで早く召し上がってください。うどんは打ち立て、茹《ゆ》で立てが一番ですから」

「能書きなんて垂れていないのに……」

ぶつぶついいながらも、目を輝かせて良美が箸を持つ。俊介たちも冷たいつゆに薬味の生姜《しょうが》と葱《ねぎ》を入れて、さっそく食べはじめた。

「うむ、こいつは……」

それ以上、言葉が出ない。やわらかめに打ってはあるのだが、冷たい水に引き締められたうどんは腰が感じられ、喉越しはなめらかだ。つゆは昆布だしで甘みが強いが、小麦の旨《うま》みが十分に引き出されたうどんと実に合っている。

「うわあ、こんなにおいしいうどん食べたの、初めて」

はしゃいだ声を上げて、おきみが満面の笑みを浮かべる。何度もかぶりを振り、伝兵衛が感極まったようにいう。

「わしもこの歳まで生きてきて、こんなにうまいのは初めてじゃ」

ものをいうことすら惜しく、俊介はひたすら食べ続けた。小山ほどの量があったのに、あっという間に目の前のざるは空《から》になった。

「俊介さん、早いね」

目をみはっておきみがいう。

「早食いは体によくないらしいのだが、これだけうまいと、どうしても早くならざるを得ぬ。勝江、そなたのいう通りだった。こんなにうまいうどんを食べられて、俺は幸せだ。感謝する」

「いえ、そこまでおっしゃっていただいて、私もうれしゅうございます」

伝兵衛、良美、おきみの順でうどんを食べ終えた。勝江はまだ食べている。

「勝江、あなた、そんなに食べるのが遅かったですか。せっかくのうどんが伸びてしまいますよ」

「すみません。この味があまりに懐かしくて、胸が一杯になってしまって。おじさんの打つうどんとまったく味が同じなんです」

「勝江、なんなら私が代わりに食べてあげましょうか」

「いえ、けっこうです」

毅然《きぜん》とした口調でいい、勝江はきっぱりと首を横に振った。

「もう懐かしむときは終わりましたから」

宣するようにいうと、それからは早かった。ほとんど数瞬のうちにざるの上に残っていたうどんは消え失せ、すべて勝江の胃の腑《いふ》におさまった。

しばらくのあいだ、俊介たちは腹の中のうどんがこなれるのを待った。これだけ食べて、いきなり動くのは体に悪かろう。

厨房を出た男がこちらに歩いてきたのが見えた。そっと鉢巻を取って手に握る。それとわかる程度に俊介は顎をしゃくった。

「勝江」

「なんですか」

「来たぞ」

「えっ」

「正八郎だ」

えっ、とまたもいって勝江が振り返る。

「おかっちゃん」

「正八郎さん」

俊介たちに辞儀してから、正八郎が勝江の前に座る。

「よく来てくださった。久しぶりだね」

歳は二十代半ばという見当か。勝江と似たようなものだろう。体は五尺二寸くらい。俊介と比べたら小柄だ。やや鋭さを感じさせる切れ長の目は妹とよく似ている。鼻はきりっと高く、ほっそりとした顎は女にしてもおかしくないような美しい曲線を描いている。ひげはきれいに剃《そ》ってあるが、もともと濃いたちなのか、夕方になってぽつぽつと浮いてきている。

「正八郎さん、元気そうね」

にこにこと笑んで、正八郎が勝江を見る。

「おかっちゃんも顔色がいい」

「そんな、日焼けしているだけよ」

「それにしても久しぶりだ。何年ぶりだろう」

「十年ぶりよ。私はこの町に十年ぶりに帰ってきたんだから」

「もうそんなになるのか。月日がたつのは早いなあ」

「本当ね。私はそのあいだにすっかり歳を取っちゃった」

「そんなことはない」

首を横に振って正八郎が穏やかにいう。

「おかっちゃんは変わっていないよ」

「変わっていないのは正八郎さんのほうよ」

「いや、俺はずいぶん変わってしまった」

少し暗い顔になり、正八郎がうつむく。

「ああ、そうだ。おじさんとおばさん、亡くなったのね。ごめんなさい、お葬式に来られなくて」

「それは仕方ないよ。おかっちゃんは江戸にいたんだから」

ちらりと正八郎が俊介たちを気にする。

「私が久留米までご一緒させていただいた方々よ」

「正八郎と申します。どうぞ、お見知りおきください」

正八郎が深く頭を下げ、俊介たちも一斉に返した。

新たな客が入ってきた。それを潮に正八郎が立ち上がった。

「おかっちゃん、また来ておくれよ」

「うん、必ず来るわ」

にこりと笑みを残して、正八郎が厨房に去った。勝江はいつまでも見つめていた。

三

江津屋を出たときには夕暮れが迫り、あたりは薄闇に包まれようとしていた。筑後川からの川風があるのか、かなり涼しいが、町はどこか靄《もや》がかかったように見える。

「俊介さま、私、これからお城に行こうと思っています」

決意を胸に秘めた顔で良美がいった。

「そうか」

ついに別れのときが来てしまったということだ。

「俊介さまもいらっしゃいませんか」

えっ。それ以外、俊介の口からは言葉が出てこない。

「父上に俊介さまを紹介したいのです。それに、似鳥幹之丞のこともあります。しっかりと話しておいたほうがよいと思うのですが。それに、いらしていただきたい理由がほかにもあります」

「それはなにかな」

「すみません、秘密です」

ふふ、と俊介は笑った。

「良美どのは秘密が多いな。よし、さっそくまいろうではないか」

まだ一緒にいられるという思いが、俊介の気持ちを弾ませている。後ろを振り向く。

「伝兵衛とおきみも来い」

「えっ、それがしどももでござるか」

「いやか」

「いえ、そのようなことはござらぬ」

「ねえ、俊介さん、あたしも久留米のお城に入れるの。うれしいな。お城の中って、一度入ってみたかったのよね」

おきみは無邪気に喜んでいる。

俊介たちは北へと足を向けた。

久留米城に赴く途中、日が暮れ、あたりは闇に押し込まれたように暗くなった。すぐに伝兵衛が提灯に火をつける。闇に身を隠す敵の気配を覚るのはむずかしい。仁八郎は造作もなく気配を嗅ぐことができるのだろうが、自分にはあれだけの腕はない。誰が工夫したのか知らないが、提灯というのはとても便利なものだ。闇を確実に照らし出してくれる。

久留米城は丘陵に築かれており、俊介たちはやや上りの道を進んだ。城に着いたとき、目を惹《ひ》いたのは見事な石垣だった。高さもすごいが、石垣自体にほとんど傾斜がつけられておらず、真っ逆さまに落ちるように直線を描いている。

大手門はすでに閉まっていた。だいたい暮れ六つに城のすべての門は閉じられる。それはどの城でも同じなのだろう。大名の江戸屋敷も暮れ六つが門限である。

それ以降に帰ってきた者は、門前で寝るしかないのだ。俊介も門限までに帰ることができず、よく塀を乗り越えて屋敷内に入ったものだ。そのとき必ず横にいたのは寺岡辰之助である。

必ず仇を討つ。辰之助、待っていてくれ。

「誰かいるはずですよ」

良美が門を叩く。だが応えはない。

「あけなさい」

いきなり耳を聾《ろう》するような甲高《かんだか》い声が響き渡った。いくらなんでも良美がこれだけの声を出せるはずがない。良美の前に立ち、勝江が声を張り上げたのだ。

「開門、開門」

どんどんと激しく叩く。

おきみが声を合わせる。

「開門、開門」

門についている小窓があいた。門番らしい男がこちらを見透かそうとする。

「どなたでござるか」

「良姫さまでございます」

勝江が伝兵衛から提灯を受け取り、良美を照らす。

「良姫さまさまというと」

「そなたは主家の姫さまも知らぬのですか」

勝江が一喝するようにいうと、門番がひっと喉を鳴らした。

「良姫さまは、江戸にいらっしゃるはずですが」

「ただいま江戸よりまいったのです。早く門をあけなさい」

「あの、そちらの方々は」

門番の目が俊介たちを見る。

「ゆえあってこちらまで姫と同道されたのです。この方々も中に入れてくださ
い」

「それであなたさまは」

「良姫さまの一の家臣です」

「一の家臣……」

「早くあけてください」

「いえ、しかし、そういうわけには」

「なにゆえ」

「今朝方、ちょっとあったものですから」

辻々に目付らしい者が立っていた光景が、俊介の脳裏によみがえった。

「なにがあったのですか」

やや強い口調で良美が門番にきいた。考えてみれば良美は旅姿のままだが、この格好で父に会うつもりでいるのか。それとも勝江が担ぐ行李の中に、ふさわしい着物がしまわれているのか。

「は、はい……」

良美に見つめられて、門番が言葉に窮する。

「では父上に、良美が会いたいと申していると伝えてください。私が久留米に帰ってくる旨は、父上にすでに伝えてありますから」

「あの、お父上とおっしゃいますと」

「お殿さまに決まっているでしょう」

勝江が当たり前でしょうといわんばかりに告げた。

「お殿さま……」

「早く知らせてください」

「は、はい。わかりました。そこでお待ちになってください」

門番が走り去る足音が聞こえた。近くに門番が詰める番所があるらしく、そこからひそひそと話し声が聞こえる。

「私たちのことを噂していますね」

いきなり勝江がいったから、俊介は驚いた。

「そなた、聞こえるのか」

「はい、はっきりと。俊介さまはお聞き取りになれぬのでございますか」

「ああ、なにを話しているか、さっぱりわからぬ」

「鼻といい耳といい、勝江、あなた、常人ではありませんね」

「とんでもない。私はごく普通の娘でございますよ」

「とてもごく普通には見えぬのですよ。ところで、門番たちはなにを話しているのですか」

「良姫さまが本物かどうか、ということです」

「城内でなにが起きたか、話してはおらぬか」

「はい、残念ながら。――あっ」

「どうしたの」

あわてて良美がきく。

「戻ってきたようです」

「えっ」

「門番です」

たたた、と地面を踏む音が俊介にもようやく聞こえてきた。

「すごいものでござるのう」

耳が遠くなりつつある伝兵衛がたたえる。

「うらやましい限りでござるよ」

「ほかにも何人か一緒のようです」

足音が止まり、再び小窓があいた。

「お待たせしました」

門番が顔をのぞかせた。すぐにその顔が引っ込み、閂《かんぬき》が外される音が響いた。

きしんだ音がし、くぐり戸がひらいた。

「どうぞ、お入りください」

勝江がまずくぐり、次に良美が続いた。俊介たちも入った。おきみは少し緊張した顔をしている。

「あなた、名は」

中に入った勝江がにこやかな笑みを浮かべて門番にきく。

「はい、石原杉蔵《いしはらすぎぞう》と申します」

「素直ないい方ね」

「畏《おそ》れ入《い》ります」

「姫っ」

しわがれ声に呼ばれ、良美がそちらを見た。

「その声は玄蕃《げんば》ね」

「はっ」

一人の男が近づいてきた。

「よくぞご無事で」

「ええ、なんてことなかったわ」

「江戸屋敷を抜け出されたと聞き、それがし、仰天つかまつったぞ」

「心配かけてごめんなさい」

「二度とこのような真似はやめてくだされ。姫はそれがしを殺したいのかと思いましたぞ」

「ごめんなさい」

深々と腰を折り、良美が謝る。

「いや、ご無事なお顔を見られれば、それでよいのでござるが」

「父上は御殿にいらっしゃるの」

「はい、さようにござる」

眉を曇らせ、玄蕃がうなるような顔つきになる。

「しかし、殿にお目にかかることはできませぬ」

「なにゆえ」

「それは……」

ぎゅっと唇を引き結んで、玄蕃が言葉に詰まる。気づいたように俊介たちに目を向けてきた。

「そちらのお方が例の若殿にござるか」

そばに門番たちがいるのを慮《おもんぱか》り、真田という姓はのみこんだようだ。

「それがし、吉田《よしだ》玄蕃と申します」

「俊介という」

名乗り返した俊介は、伝兵衛とおきみのことを紹介した。

ていねいに二人に挨拶してから、玄蕃が顔を向けてきた。

「それがしがなにゆえ若殿のことを存じているかというと、まず姫から便りをいただいたことが第一、そして姫路酒井《ひめじさかい》家の家老である河合《かわい》どのからも頼りが届いております」

「河合どのから」

道臣《みちおみ》の名を聞いてあたたかなものが、俊介の胸に満ちた。

「はっ。もちろんその文《ふみ》ではご身分は明かしておりませなんだが、俊介さまというやんごとなきお方がそちらにいらっしゃるのでよろしく頼む、という意味のことが記されておりもうした」

「ありがたい。玄蕃どのは河合どのとお知り合いか」

「それがし、これまでに何度か江戸に出たことがありもうす。そのときに良姫さまと親しくなることができもうした。それだけでなく、江戸留守居役の引き合わせで河合どのと知り合うことができもうした」

「それはよかった」

頭を下げた玄蕃が軽く咳払いする。

「それがしも河合どのと知り合いになれたのは、一生の宝物だと思うておりもうす」

「俊介さま」

横から良美が呼びかけてきた。

「玄蕃は四人いる国家老の中で最も上位の者です。なにしろ一万石もの禄をもらっているのですから」

「一万石。そいつはすごい」

真田家では筆頭家老でも四千石程度である。

はは、と玄蕃がにこやかに笑う。

「姫は、もらいすぎだとおっしゃりたいのですな。姫、積もる話はそれがしの屋敷にていたしましょう」

前に立った玄蕃が家臣に、提灯を寄せるように命じた。ほんのりと明るくなった城内を、俊介たちは足早に歩いた。

門を一つ抜け、俊介たちは三の丸らしい曲輪《くるわ》に入った。

「ここにそれがしども家老の屋敷がござる」

さすがに一万石もの禄を食《は》むだけに、案内されたのは宏壮な屋敷だ。

座敷に案内され、俊介たちは広々とした座敷に正座した。女中によって茶が供される。

それをすすっていると、一度姿を消した玄蕃が座敷にやってきた。姫、と呼びかける。

「なんでしょう」

「こちらにいらしていただけますか」

「なにゆえ」

「殿がお目にかかるそうです」

「父上はこちらにいらっしゃるのですか」

「いえ、本丸御殿でござる。それがしが案内つかまつる」

わかりました、といって良美が俊介たちに向き直る。

「行ってまいります。申し訳ございませんが、こちらでお待ちください」

「承知した」

「勝江、一緒に来てください」

「はい」

返事をして勝江が立ち上がる。玄蕃が良美と勝江を先導して座敷を出てゆく。

静かに襖《ふすま》が閉じられ、三人の姿は見えなくなった。

四

本丸御殿は、家臣たちが政務を司《つかさど》る表御殿と、大名本人やその家人が暮らす奥御殿とに分かれている。

良美と勝江は奥御殿の座敷に通された。ずっと江戸で暮らしてきた良美にとって、初めての場所である。それでも、ここが父の寝所に近い部屋であるのはわかる。控えの間というべき部屋か。

「勝江はこちらで待て」

いい置いて玄蕃が良美を見る。

「姫はこちらへおいでくだされ」

いわれて良美は立ち上がった。すぐに長い廊下に出た。いくつか燭台《しょくだい》が灯されているが、陰気に暗い。灯りが揺れるたびに壁が妖《あや》しげに照らし出され、光が届かないそこかしこの暗闇には物《もの》の怪《け》がいて、こちらをじっとうかがっているように感じられる。いつも思うのだが、どうして大名屋敷や御殿というのはこれほどまでに陰鬱《いんうつ》な空気に支配されているのだろうか。

「父上はどうされたのですか」

気がかりをあらわに良美はきいた。ゆっくりと歩を進めつつ玄蕃が答える。

「いま臥せられておるのでござる」

えっと良美は目をみはった。

「病ですか」

「それが……」

信じられないというように玄蕃が首を横に振る。

「姫は蠍《さそり》という生き物をご存じか」

「さそり、ですか。いえ、知りませぬ」

「蠍というのは南蛮の生き物でござる。日の本の国にも琉球《りゅうきゅう》のほうに棲息《せいそく》しているという話は聞き申したが、九州にはおりませぬ。殿はその蠍に刺されたようでござる」

「さそりという生き物は、毒を持っているのですか」

「それがし、城下の小牟田屋という薬種問屋に話を聞きもうした。小牟田屋のあるじによると、蠍は漢方薬にも使われるほどで、ある蠍が持つ毒はさまざまな病を治す効力を持っているそうにござる。ところが、最も獰猛《どうもう》な蠍は、人を殺すだけの毒があるとのことにござった」

「父上は、その最も獰猛なさそりに刺されたわけではないのですね」

「幸いにも毒が弱い蠍でござった。とはいっても、蠍は南蛮の生き物。やはり慣れぬ毒ゆえ、殿のお体にはひどく障り、臥せられておりもうす。しばらくのあいだ起き上がられますまい」

「どのくらい寝ていればよいのです」

「御典医によれば、少なくとも十日ほどは安静にしている必要があるとの由《よし》にござる」

そのくらいで済むのならば、と良美は胸をなで下ろした。

「それだけ寝ていれば、治るのですね」

「御典医は、まず大丈夫と申しております。それに、小牟田屋に蠍の毒によく効く解毒薬《げどくやく》があり、それを処方してもらいもうした。効き目は確かのようでございます」

ほんの少し廊下を歩いただけだが、家臣たちによって物々しい警戒がされていた。誰もが剣吞な気配を発し、目をぎらつかせていた。参勤交代で江戸に来るとはいえ、この中で良美のことを知っている者はほとんどいないだろう。家臣に江戸の上屋敷で会うことは滅多にないのだ。良美は、家臣たちが漂わせる殺気のようなものに気圧《けお》された。

静かに足を止めた玄蕃が、目の前の襖の前に両膝をついた。それを見て、良美ははほっとした。これ以上、この物々しさの中を進むのはいやだった。

「失礼いたす」

中に声をかけて玄蕃が襖をあけた。

座敷からは、熱気のような薬湯《やくとう》のにおいがむっと漂い出てきた。行灯が部屋の隅に二つ置かれ、淡い光を放っている。座敷の真ん中に布団が敷かれていた。一目見て、そこに横たわっているのが父の頼房《よりふさ》であるのが知れた。

敷居を越え、良美は父の枕元に正座した。この四月に参勤交代で、頼房は国元に帰っていった。会うのはそれ以来だというのに、こんな形で再会するとは、夢にも思わなかった。

「父上」

顔をのぞき込み、良美は呼びかけた。

だが、応《こた》えはない。昏々《こんこん》と眠っているが、息が荒く、顔色はどす黒い。頬がこけ、明らかに面変《おもが》わりしている。良美が知っている父ではないように見える。

まさか別人ということはないだろうか。そんなことを思って、良美はまじまじと見た。

右の頬の大きなほくろとたっぷりとした耳たぶは、紛れもない父の特徴である。

こんなにやせていても、耳たぶの肉だけは落ちないのが不思議だった。

「さそりは誰が持ち込んだのです」

顔を上げて良美はきいた。

「それがわからぬのです」

むずかしい顔で玄蕃が答える。

「何者かが寝所に忍び込み、殿の布団に忍ばせたようにございます」

「それは父が寝ているところに忍び込んだ者がいるということなの」

「さよう」

「それが何者かはわかっていないのですね」

「はい、全力を挙げて探索しているのでございますが」

「その何者かが忍んできたことは、どうしてわかったの」

「蠍に刺された痛みを感じて気を失われる前、殿が怪しい人影をご覧になったのでござる。天井に向かって跳ねたそうにござる」

「天井に。――でもおかしい」

「なにがでござるか」

「その何者かは、奥御殿まで忍んできたのに、父上を殺すのが目的ではなかったということになるでしょう」

「殺すつもりだったが、蠍の毒の強さを知らなかったのではないでしょうか」

「二十一万石の当主を殺すのに、毒の強さを調べないはずがない。それに、殺すつもりなら、寝所に忍び入ったときに刃物を使うなりしたほうが、ずっと手っ取り早い」

「なるほど。確かに、どうしてわざわざ蠍などを用いたのか、合点《がてん》がいきませぬな」

「警告かしら」

「警告というと、それは殿ご本人に対してでございますか」

「本人かもしれないし、他の人に対するものかもしれない。父上のことをとても大事に思っている人にならば、父上の命をいつでも奪えるのだとまざまざと見せつけるのは、相当の効き目があるでしょう」

「では、次があるかもしれぬと姫はおっしゃいますのか」

「もしさそりによる襲撃が警告だとして、その警告に従わぬとしたら、考えられぬことはないでしょうね」

「ふーむ、警告か……」

ふと気づいて良美は部屋を見回した。

「玄蕃、まさかここは忍び込まれた寝所ではないでしょうね」

「はっ。別の部屋にござる。天井裏から床下まで手練を配置しております」

「そう、それは大変ね」

頼房の顔をのぞき込んでから、良美はずっと疑問に思っていたことをたずねた。

「なにゆえ父上がさそりにやられたとわかったの。さそりの毒がどのような様相を見せるか、知っている者などいないでしょう」

「死骸が残されていたのでござる」

「さそりの死骸が」

「さようにござる」

懐に手を入れ、玄蕃が紙包みを取り出した。

「これにござる」

紙包みを畳に置き、静かにひらいた。

うっ、と声が出た。なんと醜悪な生き物がこの世にはいるものか。手のひらにのるくらいの大きさで、海老《えび》のように二つのはさみを持っており、体全体が鎧《よろい》のようなもので覆われている。楕円《だえん》の胴に細いしっぽがついているが、そのしっぽの先が曲がっており、それがまた恐ろしく気味が悪い。

「死んでいるのね」

「もちろんにござる。何者かがこの蠍を殿の寝所に放ち、殿が寝返りを打たれたとき、蠍が刺したようにござる」

「さそりはさそりで、自分の身を守ろうとしたわけね」

「なるほど、そういう見方もできもうすか」

「さそりという生き物の性質をよく知った者が父上に仕掛けた。どういう狙いなのか、今はまだわからないけれど、おそらくそういうことなのでしょうね」

うーむ、とうなり声を上げ、玄蕃がむずかしい顔をして腕を組んだ。額に、以前にはなかったしわが刻まれていた。

苦労が尽きぬのね、と良美は思いやった。

五

勝江とともに良美が戻ってきた。玄蕃も一緒だ。良美は深刻な表情をしている。

「良美さん、いったいなにがあったの」

身を乗り出すようにしたものの、おきみが抑えた声できく。

俊介たちの前に正座した良美が、ちらりと玄蕃を見やった。了解を求めたようで、玄蕃が小さくうなずいた。

それを受けて良美が語る。

さすがに腰が浮くほど俊介は驚いた。

「蠍に頼房どのが刺された……」

「俊介さまはさそりという生き物をご存じですか」

「なにかの書物で読んだことがある。あれは薬のものだったか。蠍は漢方薬の原料《もと》になるとのことだった。まむしの例からもわかるが、毒のある生き物は毒そのものが滋養の薬になることがある」

「その通りでござる。蠍は南蛮から長崎を通じ、この日の本の国に入ってきておりもうす」

俊介の目を見て玄蕃がいう。

「それにしても、弱い毒の蠍で幸いだった。その何者かは、頼房どののお命を狙うつもりはなかったということか」

「良姫さまも同じことをおっしゃいもうした」

「蠍を頼房どのの寝所に忍ばせた狙いは、いったいなんなのか」

考えたが、俊介にはわからなかった。

「ところで玄蕃」

なにかを思いついたような顔で、良美が呼びかけた。

「例の物は届いているの」

苦い顔で玄蕃が首を振る。

「まだにござる」

「えっ、そうなの」

「はっ。申し訳ござらぬ」

「頼んではあるのね」

「はっ、小牟田屋に」

「その店は信用が置けるの」

「もちろんにございます。老舗《しにせ》にございますから」

顔を動かし、良美が勝江を見る。

「勝江は知っていますか」

「はい、小牟田屋さんならよく存じています。久留米城下では一番の薬種問屋です」

良美どのは玄蕃になにを頼んだのだろう、と俊介は思った。その思いを察したかのように良美が俊介に眼差しを注いできた。

「芽銘桂真散です」

「えっ」

俊介とおきみは同時に目をみはった。

「この玄蕃に、私たちが着くまでに用意しておくよう頼んでおいたのです」

「そうだったのか」

「良美さん、本当なの」

「ええ、頼んだのは本当よ」

「うれしい」

おきみが良美に飛びつく。

「そんなに喜んでくれて、私もうれしいわ。でもおきみちゃん、喜ぶのは届いてからにしたほうがいいわ」

「だって、良美さんの気持ちがうれしいんだもの」

おきみを抱き締めて、良美がほほえむ。

「ありがとう」

「お礼をいうのはあたしのほうよ。旅は楽しいけれど、まだこの先、長崎まで行くのは、つらいなあと思っていたの」

「小牟田屋のあるじの博兵衛《はくべえ》は信頼できる男でござる」

強い口調で玄蕃が断ずる。

「ゆえに芽銘桂真散は必ず入手できるものと、それがし、確信しておりもうす」

「お代は」

おきみがおずおずときく。

「おきみ、代のことは案ずるな。こちらが立て替えておくゆえ」

おきみにうなずきかけながら俊介はいった。

「いいえ、お代はけっこうです」

いきなり良美が口にする。

「有馬家が持つから、おきみちゃん、安心してね」

「えっ、でも」

「困っている人を助けるのは、人として当然のことよ」

じわりと涙をあふれさせておきみが良美にしがみつく。

「あたし、いつも必ず人助けができるような人にきっとなるわ」

「その意気よ」

その様子を目を細めて見ていた玄蕃が、ところで、といった。

「俊介さまが仇と追う似鳥幹之丞のことでござる」

その名を聞いて、俊介は姿勢をあらためた。

「似鳥が剣術指南役として我が家に取り立てられたのはまことにござる。ただし、似鳥はこの地にあらわれてはおりませぬ」

「さようか」

「もしあらわれたら、必ず捕縛《ほばく》いたす所存。そのことについては、良姫さまから文をいただいてすぐに殿にご相談し、了解をいただいておるゆえ、ご安心くだされ」

「ありがたし」

「似鳥を捕縛したのちは、城内にて尋常の果たし合いをしていただくことになりもうすが、それでよろしゅうござるか」

「それでよい」

深くうなずき、俊介は目を光らせた。

「尋常の果たし合いこそ、俺が望むものだ」

互角の条件で幹之丞と渡り合い、そして倒してこそ辰之助の無念は晴らせると俊介は考えている。

気圧されたように玄蕃が身を引き、瞬《まばた》きしてみせる。

「ところで俊介さま、今日はどうされる。よければ、この屋敷に泊まっていかれたらいかがでござろう。夕餉もまだでござろう」

江津屋で食べたうどんがまだ胃の腑に残っている。腹は空いていないからよいとしても、まだ宿は決まっていない。これから宿場に戻るのも少し億劫《おっくう》に感じられた。

「なに、遠慮はいりませぬ。部屋と布団だけはふんだんにござるゆえ」

「本当に甘えてもかまわぬのか」

玄蕃の目を見て俊介はいった。

「もちろんにござる」

「私も泊まらせてくれる」

良美が玄蕃に申し出る。

「それはなりませぬ」

「なにゆえ」

「良姫さまには泊まるところがござる。奥御殿にいらっしゃればよい」

その件に関しては一歩も引かないという姿勢を玄蕃は見せている。

「わかったわ」

しぶしぶ良美が了承する。

「御殿に引き上げるわ。お父上のことが心配だし」

「殿が気がつかれたとき、そばに良姫さまがいらしたら、さぞお喜びになりましょう」

俊介に向き直り、良美が手をそろえた。

「では私はこれにて失礼いたします」

「これでお別れか」

「まさか。明日、またお会いできます」

それを聞いて、俊介はほっと胸をなでおろした。

家士に案内されて、俊介たちは部屋に落ち着いた。二つの行灯が灯り、壁や天井、畳にほの明るい光をやんわりと投げている。すでに三つの布団が敷かれていた。

「広いね」

うれしげに見渡し、おきみが相好《そうごう》を崩す。

「うむ、十畳間のようだ。それにきれいだ」

「畏《おそ》れ入ります」

謹直そうな家士が頭を下げる。

「これでそれがしは引き上げますが、俊介さま、なにか御用はございますか」

「厠《かわや》はこの近くにあるのでござろうか」

「この部屋を出られて左側へと五間ばかりにございます」

「それを聞いて安心した。わしは歳ゆえ、近いものでな」

「ほかになにかございますか」

「いや、もうけっこうだ」

「では、これにて失礼いたします」

一礼し、家士が出てゆく。襖が静かに閉じられる。

その瞬間、おきみが布団に向かって頭から飛び込んだ。

「わあ、ふかふか。さすが二十一万石だわ」

「こら、おきみ坊、行儀が悪いぞ」

「伝兵衛さんもやったら。気持ちいいよ」

「そうか、気持ちいいのか」

伝兵衛が布団にばたりとうつぶせた。

「本当だ」

「よく日に当ててあるね、この布団」

「それに掛布団まである」

「せっかくの掛布団なのに、暑いからきっとのけちゃうね」

「そうかもしれぬ」

「よし、伝兵衛、おきみ、明日も早い。さあ、寝るぞ」

「はーい」

「わかりもうした」

伝兵衛が二つの行灯を次々に吹き消した。

部屋が真っ暗になった。そろそろと伝兵衛が布団に戻ってゆく。

久留米城の三の丸である。必要ないかもしれないが、それでも俊介は刀を抱いて目を閉じた。なにが起きるかわからない。この城のあるじは本丸にいたのに、蠍の毒でやられたではないか。油断で命を失いたくはない。

少なくとも、辰之助の仇を討ってからでないと、死んでも死にきれぬ。

六

朝餉の席に良美の姿はなかった。

ここ最近はずっと良美の顔を見ながら朝餉を食していたから、俊介は寂しくてならなかった。やはりこのまま二度と会えぬのではないか、という気持ちが頭をもたげ、いや、そんなつまらぬことは考えるな、と自らにいい聞かせた。言霊というものは、口にしない限りは大丈夫なのか。考えるだけではなんともないのか。

「なんとなく静かでござるの」

箸で梅干しをつまんだ伝兵衛がいう。

「うん、そうね。良美さんと勝江さんがいないと、やっぱりつまらないね」

「俊介どのも気が抜けたようにしか見えぬ」

「えっ」

飯を咀嚼《そしゃく》していた俊介は顔を上げた。

「伝兵衛、なにかいったか」

「いえ、なにも」

「俊介どの、今日はどうなさいますか」

うむ、と俊介はうなずいた。

「小牟田屋という薬種問屋に行ってみようと思っている。やはり芽銘桂真散のことが気になる。国家老の吉田玄蕃どのが手配りしてくれた以上、まちがいなどないとは思うが、本当に手に入るのか、確かめたい」

「お気持ちはようわかりもうす。それがしも同じでござる」

不意におきみがうつむいた。

「どうした、おきみ」

「みんな、あたしたちのために一所懸命になってくれて、なんかまた涙が出そうになっちゃって」

「泣きたくなったら、我慢などせずともよい。盛大に泣いたほうが体のためにもよかろう」

もっとも、俊介自身、辰之助の仇を討つまで、どんなことがあっても涙を流すつもりはない。

朝餉を終え、茶をもらった。すすっていると、玄蕃があらわれた。

「よく眠れましたか」

「ぐっすりと。朝がきたのにも気づかず、寝入っていた」

玄蕃がにこにこと笑う。

「それはようございました」

実際にはうつらうつらした程度で、朝はなかなかこなかった。伝兵衛のいびきとおきみの寝息を聞きつつ、夜明け頃になってようやく眠ることができた。良美の寝息という子守歌がなかったからだろうか。

「玄蕃どの、これから小牟田屋に行きたいのだが、場所を教えてくれぬか」

「小牟田屋に」

「他意はない。芽銘桂真散のことをじかに聞いてみたいのだ。玄蕃どのの手配りに遺漏があるはずがない。気を悪くせんでほしい」

「承知いたしました。俊介さまたちにとって初めての町でございます。家士に案内させましょう。あるじの博兵衛にお引き合わせするよう伝えておきます」

「かたじけない」

良美がどうしているか聞きたかったが、俊介の口からその言葉が出るようなことはなかった。なんとなく聞くのがためらわれた。

磯谷寛平《いそがいかんぺい》と名乗った若くてがっしりした体格の家士の先導で、俊介たちは久留米の町を歩いた。刻限は五つ過ぎだろう。斜めに入り込む陽射しの中、町は朝からにぎやかで、活気に満ちていた。いかにも暑くなりそうな日和だが、久留米の者たちは気にしていないようだ。大声でしゃべり、高らかに笑い合っている。

「こちらにござる」

足を止めた家士が手で指し示したのは、一軒の大店である。屋根の上から『薬種』と記された扁額《へんがく》が俊介たちを見下ろしている。建物の横に『小牟田屋』という看板がかかっていた。

吉田家の家士が暖簾を払い、ごめん、と声を放った。

「ああ、これは磯谷さま」

帳場囲いの中で算盤《そろばん》を弾いていた男が前に出てきて、膝をそろえた。立派な矢立《やたて》を腰にぶら下げている。四十過ぎに見える歳からして、番頭だろうか。眉が濃く、彫りが深い。きりっとした顔立ちをしているが、どこか顔色が冴《さ》えない。

「もしや例の薬でございますか」

「うむ、その通りにござる。こちらの方々が例の薬を必要とされている」

「ああ、さようでございますか」

正座し直して男が俊介たちを見上げる。

「手前、この小牟田屋のあるじで博兵衛と申します」

「俺は俊介だ。この二人は伝兵衛におきみ」

侍なのにどうして姓を名乗らないのだろう、という思いが、一瞬博兵衛の顔に浮いたが、すぐに消えた。

「このおきみの母親が芽銘桂真散を必要としているのだ」

「ああ、さようでございますか」

おきみに向き直り、博兵衛が頭を下げる。

「まことに申し訳ございません。芽銘桂真散はまだ入荷しておらぬのでございます。あと数日というところでございます」

「あと数日というのはまちがいないのだな」

穏やかな声で俊介は確かめた。

「はい、長崎の薬種商に確認は取ってあります。南蛮渡りの薬ゆえ高価な上になかなか手に入らないとはいえ、こんなに遅くなることは滅多になく、まことに申し訳なく存じます」

「入るのがわかっているのならよいのだ。あと数日ならば、我らが長崎に行くよりずっと早い」

久留米から長崎まで三十里近くあるはずだ。どんなに急いでも、片道三日はかかる。

けほけほ、と博兵衛が力ない咳をした。なにかいやな感じの咳だ。

「大丈夫か」

「畏れ入ります」

博兵衛がこうべを垂れる。

「ここしばらく風邪気味でございまして。夏に引く風邪は治りにくいと申しますが、まことのことにございます」

「寝ていなくて大丈夫か」

「はい、今日は無理せずやすませていただこうと思っております。手前が店におらずとも、薬については店の者が熟知しております。もちろん芽銘桂真散も同じでございます」

「そうか。ならば、ゆっくり休んでくれ」

「畏れ入ります」

両手をそろえ、博兵衛が深々と辞儀をした。

「お武家さまがいらっしゃったのにもかかわらず、店先で立ち話になってしまい、まことに申し訳なく存じます」

「いや、そのようなことは気にせずともよい。では小牟田屋、よろしく頼む」

「承知いたしました」

体をひるがえし、俊介たちは外に出た。先ほどよりもさらに強くなった陽射しが光と熱を当ててくる。

「お城にお戻りになりますか。それとも町を見物なさいますか」

「見物したい」

叫ぶようにいっておきみが寛平を見る。

「わかりもうした。では、少し町を回ってから戻ることにいたしましょう」

おきみに合わせて、ゆっくりと寛平が歩きはじめた。

「今のあるじ、博兵衛といったか、風邪気味とはいえ、ちと元気がなかったな」

気にかかっていることを、俊介は言葉にした。そのことですか、といって寛平が心得顔にうなずいた。

「実は博兵衛どのは、ついひと月前に連れ合いを亡くしたばかりなのでございます」

「ああ、そうだったのか」

「長年連れ添った女房でござろうか」

「さよう。かれこれ二十年にはなるはずでございます」

「そんなに」

「なにゆえ亡くなった」

「卒中にございます」

卒中か、と俊介は思った。木屋瀬宿の見和屋で死んだ陽吉という男のことを思い出した。あの男も検死医師の見立てでは、卒中だった。

この二つの死に関わりがあるはずがない。卒中による死など、世にあふれている。

「今は店のことにも熱意を失ってしまったのか、別邸で一人過ごすことが多くなっているようでございます」

「熱意を失っているのか。芽銘桂真散は大丈夫だろうか」

「ご心配には及びませぬ。あの店には商売に長《た》けた者が何人もおります。博兵衛どのがおらずとも、店はしっかり回っていきましょう」

「それならよいのだが」

顔を上げ、俊介は景色を見渡した。商家が軒を連ね、町人たちがせわしなく歩いている。

「ひと月前に女房を失ったとのことだが、卒中との見立てにまちがいないのか」

なんとなく口をついて出た。

「えっ、俊介さま、それはどういうことでございましょう」

驚きの顔を向けて寛平がきく。

「医者が来て、卒中との断を下したのか」

「そう聞いております。内儀《ないぎ》が亡くなったとき、博兵衛どのは商用で長州の山口へ行っていたのです。半月ばかり家を空《あ》けていたのですが、あと一日で久留米に着くという日に、内儀は倒れ、亡くなったのでございます」

それならば、と俊介は思った。内儀の死は卒中でまちがいないのだろう。

やはり考えすぎのようだ。

その後、寛平は久留米絣を織り上げている工房に俊介たちを連れていった。

「このあたりは通外町《とおりほかまち》といいます」

そばに、長屋のような形をした大きな建物が三つあり、俊介たちは招き入れられた。

建物の中では、大勢の女たちが一所懸命に機織り機《はたおき》を動かしていた。まさに見渡す限りである。とんからりん、という音が響いている。なかなか調子がよく、機織り機が動いているのを見ながら聞いていると、気分がよくなる。

「すごい」

感嘆の声を発したおきみは、その大がかりな様子に目を奪われている。俊介も声が出ない。伝兵衛も呆然としている。

「ねえ、ここには何人の女の人がいるの」

声を張っておきみがきく。

「こちらの建物には三百人以上がいる。同じ建物があと二つあるから、全部で千人ほどでござる」

すらすらと寛平が答える。

「ええっ、千人……」

その規模のすさまじさにおきみが絶句する。

「いらっしゃいませ」

そのとき一人の女性が寄ってきた。五十くらいだろうか。面長《おもなが》で品のよい顔立ちをしている。目の輝きがすばらしく、俊介は引き込まれるものを覚えた。自然に笑顔になるような、あたたかさをたたえている女性だ。

この人は誰だろう、と俊介は思った。

「こちらが井上伝《いのうえでん》どのでございます」

笑みを浮かべた寛平が女性を紹介した。その名に俊介は聞き覚えがある。ああ、とすぐに思い出した。

「久留米絣をつくり出した方だな」

いえ、とお伝が遠慮がちに手を振る。

「私がつくり出したわけではございません。皆さんの力が合わさって、ようやくできたものでございます」

「だが、お伝どのが編み出した工夫が久留米絣のはじまりだろう。詳しくは知らぬが、俺はそう聞いている」

「それがしは、お伝どののことはよく知っております。それがしがご説明いたしましょう」

胸を張って寛平が語りはじめた。

「繰り返し洗って着古した着物の色が落ち、そこに白い斑点《はんてん》がいくつも浮いているのを見て、まだ十二、三だったお伝どのは、どういうわけか、それがとても美しく見えたのでございます。すぐさまその着物をほどき、どうなっているのか、見てみました」

お伝はにこにこと柔和に笑って、寛平を見ている。せがれを見ているような優しさが全身にあふれていた。

「お伝どのは、試しに糸の一部分をくってそれを藍染《あいぞ》めにし、その糸で織ってみました。そうしたら、これまで目にしたことのないような図柄ができ上がったのでございます」

「つまりお伝どのがいなかったら、久留米絣はこの世にあらわれていなかったということじゃな」

顎をなでて伝兵衛がいったが、それはちがうかもしれぬ、と俊介は感じた。

「おこがましいいい方をさせていただきますが、おそらくそうではないでしょう」

案の定というべきか、物静かな口調でお伝が口をひらいた。

「久留米絣は、確かに私の工夫がきっかけになりました。私も少しは役に立てたという思いはあります。でも、人々の役に立つような物は、どういういきさつをたどろうが、いつか必ず世にあらわれ出るものです。仮に私がいなくとも、ほかの誰かがきっと工夫していたにちがいないのです。時期はもう少しずれたかもしれませんが、それはまちがいないことだと思います。世の中というのは、そういうふうにできているのです」

必然、という言葉が俊介の脳裏に浮かんだ。自分もお伝と同じことを考えていた。よく似た工夫が遠く離れた場所の異なる二人によってほぼ同時になされることがある、と以前、俊介が通っていた家塾の教授方だった然麟《ぜんりん》和尚《おしよう》がいっていたのだ。その二人はまったくの偶然で同じ工夫を考えついたに過ぎないのだが、ちがう場所でそっくりな工夫がなされるということは、この世に必ず生まれ出てやろうという物の意志が感じられるではないか。

　久留米絣についてはお伝以外に他の場所で似たような工夫をしたという話は聞こえてこないが、ほかにも絣を名産としている土地はあるから、あるいは同じことを考えた者がいるかもしれない。

「あの、お侍は」

なにか感ずるものがあったのか、お伝が俊介にきく。

「どちらからいらしたのですか」

「江戸だ」

「それはまた遠くから。失礼ですが、なにをしにいらっしゃったのですか」

「この子のために薬を取りに来た」

　本当の目的が辰之助の仇を討つ旅であるのは、伏せた。

「薬を。久留米で売っているのですか」

「いや、長崎だが、小牟田屋が取り寄せてくれるのだ」

「ああ、小牟田屋さん。あそこのお内儀は久留米絣がお好きで、よく着ていらしたのですが、ついこのあいだ亡くなってしまわれて……」

「おきみ坊、そなたは久留米絣の着物をほしくはないか」

「ほしいけど、高いでしょ」

「ピンからキリまでさまざまですよ」

優しくお伝がいう。

「ふだん着るものですから、あまり高いと買ってもらえません。懐に余裕のある方には高いものを買っていただくこともあるけど、だいたいお好みのものを勧めています。それでびっくりするような値《ね》にはなりません」

「ふーん、そうなの」

「わしがおきみ坊に買ってあげようと思うのじゃが、どうだろうか」

「それはいいですね」

にっこりとほほえむお伝の顔は、どこか神々《こうごう》しさすら感じられた。

「えっ、でも、伝兵衛さん、駄目よ」

「わしがいいといっているんじゃから、いいじゃろう」

「駄目。そんなに高くないかもしれないけれど、贅沢はしていられないわ。九州から帰って、いい着物を着ていたら、おっかさん、悲しむもの。この着物、おっかさんが仕立ててくれたものだから」

「ああ、そうだったのか。せっかく久留米まで来たのじゃから、と思ったのじゃが、そういうことなら、やめておこう。お伝さん、済まなかったの」

「いいえ、いいんですよ」

　腰を曲げ、お伝がおきみの顔と同じ高さになった。

「おきみちゃんというの。思いやりがあってとても優しいわね。そういう子にはきっといいことがあるわ。天はそういうことを余さず見ているの。これからも優しい気持ちを持ち続けていたら、ずっといいことが続くわ」

「うん、ありがとう」

　おきみの頭をなでてお伝が背筋を伸ばした。

「では、俺たちはこれで引き上げる。いろいろと話を聞かせてもらって、楽しかった」

「こちらこそ、このような場所に足を運んでくださり、まことにありがとうございました」

「今度わしが久留米に来たら、そのときこそは久留米絣を買わせてもらうぞい」

「お待ちしております」

にこりとしてお伝が小腰をかがめる。

寛平にいざなわれて、俊介たちは外に出た。見送るためにお伝も出てきた。

「ではこれでな。お伝どの、息災でいてくれ」

「あの、お侍はお名をなんとおっしゃるのですか」

すぐさま俊介は告げようとした。

「あっ、いえ、やはりけっこうです」

首を振り、お伝が俊介を見つめる。

「聞かないほうがいいのでしょう。お侍のお名を聞くと、脳裏からお顔が消えてしまいそうな気がします。お名を知らないほうが、ずっと頭に残るのではないでしょうか」

「俺の顔をずっと忘れずにいてくれるのか」

「はい、死ぬまで覚えておきたいと思っています」

「そうか。俺もお伝どのの顔を忘れずにいよう」

「しかし、しゅ——」

一瞬、伝兵衛が、俊介どの、といいそうになったのが知れた。

「相当忘れっぽいではありませぬか」

「そなたほどではない」

「では、まいりましょうか」

寛平が俊介たちをうながす。

「うむ、まいろう」

お伝にあらためて別れを告げ、俊介たちは歩き出した。

名残惜しそうにおきみが振り返る。

「なんて優しい人なんだろう。ふんわりと包み込むような人だったわ。大きくなったら、あたしもあんな人になりたい」

「お伝どのの顔をずっと頭に思い描いて暮らしていけば、きっとなれる」

俺も家督を継ぎ、松代《まつしろ》の領主になったら、ああいうふうに領民を包み込むような者にならねばならぬ。

固い決意を胸に刻みつけて、俊介は久留米城を目指して歩を運んだ。

七

暖簾をしまおうとして、おさちはふと腕をとめた。

どこからか、誰かに見られているような気がしたのである。

日が落ち、すっかり暗くなっている。ただ、暑かった一日の名残がそこかしこに居座っており、大気は少し蒸している。

おさちは通りの向こう側を眺めた。ほとんど人通りはない。こちらをうかがっているような者の姿も見えない。

――勘ちがいだったのかしら。

そうかもしれない。今は敏感になっているのではないか。きっとそういう時期なのだ。

「あっ、いけない」

店の提灯を消すのを忘れていた。まだ淡い光を路上に投げかけている。暖簾をしまって戸口の壁に立てかけ、それから外に出て提灯を吹き消そうとした。

そのとき提灯がつくる光の輪に、ふらふらと入り込んできた者があった。ぎくりとして、おさちは身を引いた。

「なんだい、なにもしやしねえぞ」

がらがら声が耳を打った。見ると、そこに立っているのは近所に住む大工の仲《しん》太郎《たろう》だ。

驚いておさちはまじまじと見た。

「おう、おさっちゃん、ずいぶんと遅くまでがんばっているじゃねえか」

ふだんは無愛想を絵に描《か》いたような男で、生まれてこの方ずっと知っているのに、ろくに挨拶を交わしたことがなかった。それがいきなり気分よさそうに話しかけてきたから、おさちは驚いたのである。

「仲太郎さん、酔っているの」

「ああ、少しだけ飲んだからな。今日は棟上《むねあ》げだったんで……」

「気持ちよさそうね」

「まあな。酒は生まれて初めて飲んだが、悪いもんじゃねえな。――まったくよ」

なにがおかしいのか、はっはっは、と伸太郎が声を上げて笑った。笑い声が闇に吸い込まれてゆく。

「じゃあな、おいらは帰るぜ」

おさちの肩をぽんぽんと叩いた。それからふらふらと歩き出した。がっちりとした背中がゆっくり闇に消えてゆく。

ふう、と息を軽くついておさちは提灯を少し傾け、吹き消した。闇が一瞬で覆いかぶさってきた。

それに追われるように戸口に戻ろうとして、足を止めた。また目が戻ってきている。

戸口に入り、なんとなく右側に目を走らせた。

そうしたら、路地に一人の男が立っているのが見えた。こちらをうかがっているような気がする。

おさちはどきどきした。

監視されているのだろうか。

そんなことがあるのか。

もちろん考えられないことはない。ということは、あそこにいるのは江戸の者だろうか。

ここ最近、兄正八郎の様子がおかしい。

夜に出かけることがある。そのことと関係あるのだろうか。

関係ないと考えるほうが、どうかしている。

おさちがじっと見ているのに気づかないはずがないが、男は身じろぎ一つしない。

顔はまったく見えない。それなのに、男が小さく笑ったような気がした。

目を凝らし、おさちは男をもっと見ようとした。

すっと身を引き、男の姿が消えた。だが、気配はまだ残っている。

行ってみようか。

意を決しておさちは前に踏み出した。あれが誰なのか、知りたくてならない。

ふっと気配がかき消えた。

――いなくなった。

体から力が抜けた。

居間に入ったおさちは、男のことを正八郎にはいわなかった。いわずとも、知っているような気がする。兄がいわないのなら、こちらもいう必要はないだろう。

寝床に入り、絣の切れ端を握り締めた。

いいにおいがする。

あの人のにおいだ。

会いたい。

顔を手のひらで包み込んで、口を思い切り吸いたい。

おさちは、声をかけた日のことを思い出した。

河原の石に腰かけ、筑後川の流れを見つめていた。

その横顔がひどく寂しそうで、声をかけずにはいられなかった。

驚いてこちらを振り返った顔。今でも忘れない。

あっ。

いま蹴ったのではあるまいか。
手を伸ばし、おさちは自らの腹をさすった。
博兵衛同様、新しい命がいとおしくてならない。
はっ、と今さらながら気づいた。
さっき監視していた男は、もしや博兵衛とのことに感づいたのではあるまいか。
背筋がぞぞっとざわついた。
そんなことはない。
気づかれたはずがない。
手のひらにじっとりと汗が浮いている。
助けて、お願い。
新しい命に向かって祈った。
お願いだから、私たちを助けて。

第三章　届かぬ薬

一

欄干から身を乗り出し、明るい歓声を上げる。

「わあ、きれい」

おきみの横に立ち、俊介も眼下に広がる景色を眺めた。あけ放たれた障子から涼しい風が入り込み、爽快この上ない。

「実にきれいな風景だな」

「本当に美しい」

腕組みをした伝兵衛も感嘆の声を漏らす。

「久留米城が見えるわ。あれがいちばん大きい辰巳櫓ね」

白い壁が、傾いた太陽の光を鈍くはね返している。

「城から東へ半里ばかり来たが、ここからだとよく見えるな」

「やや小高くなっているからでござろう」

「うむ、とてもよい場所だ。さすがに吉田玄蕃どのの弟御の屋敷だけのことはある」

「こっちはどんな景色かしら」

西側の腰高障子から北側を向いている腰高障子におきみが移る。

「こっちはもっとすごいわ」

屋敷の北側は多くの船が行きかう筑後川が流れ、その向こう岸には広々とした大地が見渡す限り広がっている。遠く筑前の山々まで、くっきりと眺められる。

身を乗り出して東側を見ると、蛇行する筑後川の上流が望めた。百姓家に混じり、寺や屋敷らしい大きめの屋根がいくつも見えている。風光明媚《ふうこうめいび》なところだけに、江戸の向島のように下屋敷や別邸が建てられているようだ。

「それにしても俊介どの、よいところを都合してもらいましたな」

「よいところだとは聞いたが、ここまでとは思わなんだ」

深くうなずいて、俊介は大きく呼吸した。新鮮な大気が胸一杯に入り込む。

「三の丸の玄蕃どのの屋敷も居心地は決して悪くなかったが、やはり城内というのは窮屈であった」

「はい、身動きが自由になりませんでしたからの」

「その点、ここはいい。なにしろ我ら以外、誰もおらぬ」

「確かに気楽でよろしいが、煮炊きは自分たちでしなければなりませぬぞ」

「伝兵衛、そなたに任せたぞ。食器はあるものをなんでも使ってよいとのことだ」

「ありがたいことでござるが、わしは料理などできもうさぬ。おきみ坊にすべてを任せるつもりでござる」

「うん、いいよ」

あっさりとおきみが請け合う。

「あたし、包丁は得手《えて》だもの。がんばってつくるから、当てにして。でも俊介さん、食べ物はどうやって手に入れるの」

「前の道を行商の百姓衆がいくらでも通るから、呼び止めてくれればよいと、玄蕃どのはいっていた。それに、ちょっと足を延ばせばさまざまな物を売る店も近くにあるそうだ」

「そう。それなら大丈夫ね」

満足そうにいっておきみが部屋を見回す。

「ここ、お寺さんの持ち物っていったね」

「その通りだ。玄蕃どのの弟御が住持をしている寺の別院だ」

ほっほっと伝兵衛が高らかに笑う。

「別院とはよくいったものでござるな。明らかに、別邸でござろう」

「ときおり寺男が掃除に来るくらいで、ほとんど使われておらぬそうだ」

「こんなにいいところに滅多に来ないだなんて、不思議ねえ」

「きっと、もっとよい別邸がほかにあるにちがいない」

「お寺さんって儲《もう》かるのねえ」

首を小さく振っておきみがしみじみいった。

「一万石もの禄を食む玄蕃どのの後ろ盾があるからこそじゃな。我が真田家の松代にも寺は多いと聞くが、どこもあまり裕福とはいいがたいそうじゃ」

「そう。お寺と一口にいっても、いろいろあるのね」

まだまだあたりは明るいが、あと一刻半ばかりで日没を迎える。部屋の中には、夕暮れの先触れというべきものがかすかに感じられるようになってきた。

「食べ物を手に入れないといけないね。夕餉なしになっちゃうよ」

「この刻限でなにが買えるかな」

「外に出てみようよ」

連れ立って俊介たちは外に出た。こちらは別邸の南側に当たり、さして景観がよいわけではない。

町が近いこともあって前の道は百姓衆だけでなく、大勢の町人が行きかっている。

「夕方が近くなったら、人が多くなったみたいね。ずいぶん活気が出てきたわ。

――あっ、あそこになにかお店があるみたいよ」

おきみが指さした方角に、俊介たちは歩き出した。

「八百屋のようだな」

「ああ、よかった。青物が買えるわ」

いそいそとおきみが近づいてゆく。このあたりはいかにも女の子らしい。

季節の野菜や豆腐、米などをどっさり買い込んで、おきみが感嘆の声を発した。

「安いわあ」

あまりに買い得の物ばかりで、興奮を隠せずにいる。

「すごいよ。信じられない。江戸と同じ物が七、八割も安く買えるんだもの」

「それほどちがうのか」

「江戸で二十文《もん》するものが四文とか五文よ。びっくりしちゃった」

「九州は諸式が安いとは聞いておりもうしたが、その反面、江戸が馬鹿高いのでしょうなあ」

「その通りだろう。江戸は武家が多い上に、そのほとんどが値切るような真似をせぬ」

「江戸近在の農家は富裕だと聞きもうすが、これだけの値のちがいを見せつけられると、さもありなんという気になりもうすの」

「とにかく安いのはうれしいわ」

別邸に戻ると、さっそくおきみが夕餉の支度をはじめた。

「おきみ坊は、俊介どののために食事がつくれて、よほどうれしいと見える。うきうきと弾んでおりもうすぞ」

台所を見やって、伝兵衛がほくほくとした顔でいった。

「なんにしろ、つくってもらえるのはありがたい」

「まったくでござる」

台所横の部屋で待っていると、やがて、お待たせしました、という声が響いた。

「やっとできたわ」

膳を一つ捧げ持って、おきみが入ってきた。それを俊介の前に置く。

「こいつはすごい」

膳の上に並んでいるのは、塩鯖《しおさば》、茗荷《みょうが》の酢の物、きんぴらごぼう、焼き茄子《なす》、豆腐の味噌汁にご飯というものだ。

「こいつは豪勢だ」

感に堪えぬという面持ちで俊介がつぶやくと、へへ、と自慢げに笑っておきみがすぐさま台所に取って返す。

「おきみ坊、手伝おうか」

「伝兵衛さん、いいのよ。男の人はただ座っていればいいの。こういうのは女に任せておけばいいんだから」

俊介の膳をのぞき込み、伝兵衛がにこにこと相好を崩す。

「張り切っておりもうす。それにしても、予期した以上でございますな」

「すごいものだ」

膳を手にしたおきみが入ってきていう。

「俊介さん、伝兵衛さん、おなか、空いたでしょう。もっと早くつくるつもりだったけど、思ったよりかかっちゃった」

「いや、まだ六つ半にもなっておらぬ。遅くなどない」

おきみがつくった夕餉を、俊介たちはいただいた。

「うむ、うまい」

まず塩鯖をつついてみたが、こんがりと焼き上がり、身がほっくりしている。塩はさほどではなく、脂《あぶら》の甘みと旨《うま》みが感じられる。

おきみが味噌汁をすすった。

「味噌はここに置いてあったものを使わせてもらったけど、やっぱりこっちの味噌はちょっと甘いのね」

「わしは江戸の味噌よりも好きじゃの」

「豆腐も、大豆の甘みがよく引き出されているな」

「こんなに濃い豆腐は、なかなかありませぬ」

きんぴらごぼうも茗荷の酢の物も焼き茄子も、すべておいしかった。

「おきみ、すばらしかった。ごちそうさま」

頭を下げて、俊介は心からの感謝を口にした。伝兵衛が言葉を添える。

「まこと、俊介どののいう通りじゃ。おきみは包丁の達者じゃ。いうことなしじゃ」

「ほめてもらえると、うれしい。羽が生えて、飛んでゆけそうな気分よ」

広い風呂も備えられており、三人で井戸の水を汲《く》んで湯船を満たした。薪《まき》は風呂場の外に積み上げられており、それを使って伝兵衛が風呂を沸かした。

「わしは風呂焚《た》き名人じゃからな」

俊介たちは順番に入り、汗を流した。伝兵衛が入っているときは、申し出て俊介が風呂焚きをした。

「伝兵衛、どうだ、湯加減は」

半分ひらいた窓に俊介は声をかけた。

「最高にござる。それがしには及ばぬが、俊介どののもなかなか風呂焚きがうもうござる。しかし、俊介どのに風呂焚きをさせてのんびりと浸かっている姿をもし我が殿がご覧になったら、それがし、首を刎ねられましょうな」

やがて鼻唄が聞こえてきた。

二

――なにか聞こえる。

はっとして俊介は目をあけた。眼前には闇が広がっている。

耳にかすかに届いているのは、かんかんかん、という鉄の音だ。あれは半鐘《はんしょう》ではないか。

――火事か。

がばっと身を起こし、俊介は耳を澄ませた。抱いていた刀を左手に持つ。

伝兵衛とおきみは聞こえていないようで、ぐっすりと眠っている。

二人を起こさないよう俊介は静かに立ち上がり、腰高障子に歩み寄った。半鐘は東から聞こえている。城とは逆の方角である。

腰高障子をあけると、涼しい風が吹き込んできた。

夜空を染める赤い炎が見えた。五町は離れているだろうか。あれは昼間に眺めたとき、どこかの下屋敷だと思った建物ではないだろうか。

「どうされたのでござるか」

振り返って俊介は伝兵衛を見た。

「起こしてしまったか」

「火事でござるか。半鐘が聞こえているようでござるが」

「あそこだ」

「どれどれ」

立ち上がった伝兵衛が寝ぼけまなこをこすって近づき、火事の方角へ目を向けた。

「ああ、すごい燃えようでござるな」

「伝兵衛、行ってみるか」

「ただの野次馬根性ではないでしょうな」

「もしかしたら、まだあの中に人がいるかもしれぬ」

「俊介どの、あれだけ燃えている中に飛び込んだら、それこそ自死も同然の振る舞いでござるぞ」

「無理はせぬ。とにかく行ってみぬか」

「おきみ坊は」

「もう起きてるよ」

かわいらしい声が聞こえた。

「一緒に連れてって」

「いいか、いうことをよく聞くのだぞ。おきみ、危ない真似は決してするな」

「よくわかってるわ」

別邸を出た俊介たちは一目散に走った。

すでに大勢の野次馬が押しかけており、火事場はまるで祭りのように混み合っていた。熱気が押し寄せてきて、俊介はおきみをかばった。火消しの者たちも駆けつけていたが、燃え盛る炎の前になにもできずにいる。もともと延焼を防ぐことが火消したちのすべきことで、おそらくそれはここ久留米でも変わらないはずだ。一軒家である屋敷が燃えている以上、ほとんど手をこまねくことになるのは、至極当然のことだろう。

俊介はおきみと手をつないだ。高い塀越しに間近で見ると、宏壮という言葉がぴったりくる建物である。母屋《おもや》の瓦屋根は大寺のような傾斜を誇っているが、すでに炎が柱となって突き破っている。今や母屋のすべてに火が回ろうとしていた。

「中には誰もいないのかな」

そばに立つ野次馬の一人がいった。

「もしいたら、まず助からないぜ」

「ここは誰の持ち物だい」

「確か、薬種問屋のだ」

「薬種問屋というと」

「なんだ、知らないのか。小牟田屋だ」

なんだと、と俊介は背中を棍棒《こんぼう》で打たれたような衝撃を受けた。

「おい、まちがいないのか。ここは本当に小牟田屋の屋敷なのか」

すぐそばにいる野次馬に食ってかかるように確かめた。

「ええ、ええ、まちがいないですよ」

野次馬が面食らいながらも、なんとか答える。そうか、といって俊介は冷静さを取り戻した。

「俊介どの、驚きましたな」

「まったくだ」

「ここに薬が置いてあるということはないでしょうな」

「置いてあるかもしれぬが、芽銘桂真散はなかろう」

炎がさらに大きくなり、火勢を増したのが知れた。もくもくと吐き出される煙に舞い上げられた火の粉《こ》が、ぱらぱらと落ちてきた。

「これは下がったほうがよいな」

俊介たちは五間ばかり退いた。強烈な炎に当てられて、汗がだくだくと出てくる。せっかく風呂に浸かったのに意味がなくなったな、と俊介は思った。

おきみがじっと火事を見ている。憂いの色が横顔に浮いている。

「誰もいなきゃいいね」

「まったくじゃの」

厳しい眼差しを投げている伝兵衛が答えた。

「この別邸を小牟田屋のあるじの博兵衛はよく使うと、寛平どのがいっていたな」

「その通りにござる。まさか――」

いないことを今は祈ることしかできぬな。

そう考えた瞬間、背後に妙な気配が動いたのを俊介は感じた。

――なんだ。

さっと振り向くと、一直線に落ちてくる白い筋が見えた。白刃だ、と覚った俊介はおきみを突き飛ばすようにし、体勢を思い切り低くして亀のように首を縮めた。それでもかわせたか自信がなかった。それだけ何者とも知れぬ者の斬撃《ざんげき》は鋭かった。

髷をぎりぎりかすめて刀が通り過ぎたのを知った俊介は抜き打ちを敵に見舞った。だが、刀は空《くう》を切った。一瞬、啞然としかけた。そこには誰もいない。背後に回られたか、と思ったが、そちらにもいない。一撃に懸けていたのか。姿はかき消えていた。

「なんだ、なんだ」

「いったいどうした」

「酔っているのか」

まわりにいる野次馬たちが脅えた目で俊介を見る。

「お侍がいきなり刀を振り回しやがったんだ」

「火事に興奮したんだろうよ」

「そういうのって、必ずいるんだよな」

そんな声が聞こえても、油断することなく俊介はあたりの気配を探った。近くにいないのを覚って刀を鞘におさめる。

遠巻きにしていた野次馬たちからほっと安堵の息が漏れる。その目が俊介から離れ、また火事に向けられた。

「おきみ、大丈夫か」

伝兵衛に助け起こしてもらっているおきみに声をかけた。おきみは目をみはり、動揺を隠せない。

「俊介さん、今のは」

「何者かが斬りかかってきた」

「なんともないの」

「ああ、無事だ。おきみはどうだ。突き飛ばして済まなかったな」

「ううん、いいの。大丈夫だから」

「いったいどうされた、俊介どの」

おきみの手を引いて伝兵衛が寄ってきた。はっとする。

「まさか襲ってきた者が」

「そのまさかだ」

「申し訳ござらぬ。不覚にもそれがし、まったく気づきませなんだ」

「背後からいきなりだ。伝兵衛が気づかぬのも当たり前だ」

「それがしは俊介どのの護衛として、この旅についてきておりもうす。次からはこのようなことがないよう、気を引き締めます」

「よろしく頼む」

仁八郎がいたら、刺客の気配に気づいていたにちがいない。今そばに仁八郎はいないのだ。何度自らにいい聞かせても、気がゆるんでしまう。幸いにも斬撃は避けられたからいいものの、次はどうなるものか。

ふう、と俊介は息をついた。

「俊介さん、本当に大丈夫」

心配顔でおきみがきく。目を潤ませているようだ。

「本当に平気だ。おきみ、案ずるな」

「でも……」

腰を曲げ、俊介はおきみと同じ目の高さになった。

「案ずるなといっても、それは心配だな。だがおきみ、大丈夫だ。俺はやられはせぬ。なにしろ真田の守り神がついておるゆえな」

「死んじゃあいやだよ」

じわりと涙をあふれさせて、おきみが抱きついてきた。やわらかな髪の毛を俊介は静かになでた。

「済まなかった。怖い思いをさせたな」

しばらくおきみが泣くのに任せていた。

やがて泣き声がきこえなくなった。まだおきみはしゃくり上げているが、気持ちは落ち着いてきたようだ。

「ごめんなさい」

俊介からそっと離れておきみがいった。

「なに、謝ることはない。泣きたくなったら、また胸を貸してあげよう」

「ありがとう」

おきみがはにかんだような笑顔を見せた。

建物が巨大なだけに、まだ火事は続いている。それでも炎の勢いは弱まり、立ちのぼる煙も薄く、細くなりつつある。

「手練でござったか」

炎から目を外して伝兵衛が小声できいてきた。

「うむ、かなりのものだった」

「似鳥幹之丞でござるか」

「ちがう」

間髪をいれず俊介は即答した。

「別の者だ。新たな刺客だろう。どうやら俺の腕を計ったようだな。一撃でやればそれでよい。その程度の気持ちで襲ってきたのではないか。だから、俺はかわせたのだ。所詮《しょせん》若殿と、甘く見ていたのかもしれぬ。次は本気で襲ってこよう」

「わかりもうした」

決意をみなぎらせた顔で伝兵衛がうなずく。

「それがし、今のようなへまは二度と犯しませぬ」

六十八という歳にもかかわらず若者のように力んでいう伝兵衛が好ましく感じられ、笑みが自然に俊介の頰に浮かんだ。

すぐに顔を引き締めた。

監視されているのかもしれぬ、と俊介は思い当たった。この近くの別邸に越したことは知られているのだ。でなければ、火事場に駆けつけたところを襲われるはずがない。

容易ならぬ。とにかく気をゆるめぬことだ。それしかない。

燃え残った柱が天を向いている。

やせ細ったその姿はどこか哀れに感じられた。崩れた梁《はり》の群れはぶすぶすとくすぶり、火鉢の炭のように赤い色を見せている。

そのせいか、熱気がいまだに籠《こ》もっており、焼け跡に近づくと、顔がかあっと熱を帯びる。至るところから上がっている白や灰色の煙は、明け方の大気に取り込まれ、いつの間にか消えてなくなる。

火消したちや近在の村の者が熱気をものともせず、誰か死んだ者がいないか焼け跡を調べ回っている。

火事の知らせを受けて、町奉行所の役人が小者《こもの》を連れてきていた。それだけでなく、小牟田屋の奉公人たちもやってきていた。心配そうな顔を並べて、火消したちを見つめている。その中に博兵衛の顔はない。

「おっ、誰かいるぞ」

六尺棒を手にしている火消しの一人が叫んだ。一瞬、俊介は身を乗り出した。大勢の者がわらわらと駆けつけ、火消しを取り囲む。

「ここだ」

姿が見えなくなった火消しの声が聞こえた。

「うーむ、やはり真っ黒だな」

「これでは誰だかわからないな」

「とにかく検死医師を呼ばなきゃ」

「小牟田屋さんの奉公人が来ているから、一応、見てもらったほうがいいだろう」

その声は小牟田屋の者たちにも届いたようで、全員が呆然としている。

火消しの一人がやってきて、町奉行所の役人の前で小腰をかがめた。

「弥永《やなが》の旦那、仏が出ました。見ていただけますかい」

「承知した。——おい、行くぞ」

やや傲慢《ごうまん》さを感じさせる声音《こわね》で町奉行所の役人が小牟田屋の奉公人にいった。

「こちらにどうぞ」

熱くないところを選んで火消しが弥永という町方役人と小者、奉公人たちを導いてゆく。

素知らぬ顔で俊介もそのあとをついていった。伝兵衛とおきみも続こうとする。

「そなたらは、そこで待っておれ」

やや強い口調で押しとどめた。おきみに黒焦げの死骸など見せたくない。伝兵衛とおきみがしぶしぶ従う。

奉公人に続いて俊介は死骸のそばに来た。

仰向けになり、なにかをつかもうとしたかのように両手を伸ばしている。

「これは酒徳利かな」

火消しの一人がいい、俊介は目を向けた。確かに、焼け焦げた酒徳利らしい物が死骸のそばに転がっていた。煙管《キセル》らしい物もあった。長火鉢も置いてある。

「この死骸だが、誰かわかるか」

眉根を寄せて弥永が番頭の一人にきいた。

「わかりかねますが、煙管はあるじのものでございます」

「博兵衛は昨晩、どこにいた」

「はい、この屋敷にございます」

顎を上げ、弥永が奉公人を見回す。

「おらぬな」

「はい」

「どうやら博兵衛でまちがいないな」

それを聞いて、奉公人たちがうなだれる。

「おまえたちには気の毒だが、この仏は博兵衛だ」

断じた弥永が鬢を指でかいてから、さらに番頭に問う。

「博兵衛だが、酒は好きだったのか」

「いえ、ほとんど飲まれませんでしたが、お内儀《かみ》さんを亡くしてから急に召し上がるようになりました」

酒の量は日増しに増えていたという。

「博兵衛は煙草《たばこ》を吸っていたか」

「それもお内儀を失ってからでございます」

「つまり昨晩も一人、ここで酒を飲んでいた。おそらくしこたまだろう。煙草も吸っていた。煙管に火をつけたまま博兵衛は酔い潰れ、寝てしまった。その後、火事になった。まあ、火事になる際のお決まりといっていいな。珍しくもなんともない」

確かに弥永のいう通りだな、と俊介は思った。ほかに考えようがない。

「おい、あんたは誰だ」

弥永が呼んでいるのが自分であることに、俊介は気づいた。

「俺のことか」

「ほかに誰がいる」

くすぶっているところをよけて、弥永が足早に近づいてきた。小者が後ろに続く。

「おまえさん、誰だ。見たところ、浪人者のようだが」

胡散臭《うさんくさ》い者を見る目を弥永がする。

「寝巻姿ゆえそう見えるかもしれぬが、俺は浪人ではない」

「名は」

「人に名をきくときは自分から名乗るものだ。そう教わらなかったか」

むっ、という顔をしてみせたが、弥永という役人は自らの名を口にした。意外に素直な性格なのかもしれない。

「ふむ、そうか。弥永大二郎《だいじろう》どのか。覚えておこう」

「それでおぬしは」

「俺は俊介だ」

「姓は」

「差し障りがあっていえぬ」

「差し障りだと。どういうことかな」

「差し障りは差し障りだ。いうわけにはいかぬということだ」

「なにゆえいえぬ」

「わけありだからだ」

「わけあり。どんなわけかな」

「それが差し障りというやつだ」

「俊介どのといったな、誰の許しを得て、焼け跡に入り込んだのだ」

「いや、誰の許しも得ておらぬ。許しが必要だったか」

「当たり前だ。関係のない者が勝手に焼け跡に入っていいはずがない。それとも——」

ぎらりと目を光らせて、大二郎が凝視《ぎょうし》してきた。

「この火事に関係あるのか」

「火事には関係ないが、博兵衛に関係ないことはない」

「じれったい物言いよな。久留米の者は気が短いのだ」

「俺は小牟田屋の客だ。薬を頼んである。それゆえ、仏が博兵衛であると聞いてじっとしていられなかった。それだけのことだ」

「うむ、わかりもうした」

町方役人と相対してもまったく動じることなく、堂々としている俊介を前にして、大二郎は畏敬の念を抱きはじめたようだ。

「俊介どの、お下がりくだされ」

承知した、といって俊介は伝兵衛とおきみのほうに歩きはじめた。

「ああ、ちょっと待ってくだされ」

背中に大二郎の声がかかり、俊介はさっと振り返った。

「よそからいらしたようだが、俊介どのはいま久留米に住んでおられるのか」

今頃そのような大事なことをきいてくるなど、大二郎は町方役人としてはあまりいい腕をしておらぬのかな、と俊介は思った。それとも、地方の役人というのは、どこも似たようなものなのだろうか。まさか松代も同じなのではないのか。

「いや、旅の者だ。江戸から来た」

「江戸ですって」

跳び上がらんばかりに大二郎が大きく目をみはった。背後に控えている小者も驚いている。

「そんなに江戸の者が珍しいか」

「それがしは一度も行ったことはないゆえ。それにしても、それはまたずいぶん遠くから……。なにをしに来られた」

「さっきもいったが薬を受け取りに来た」

「えっ、わざわざ受け取るためだけに見えたのか。あの、俊介どの。博兵衛がこんなことになって、薬は受け取れそうでござるか」

「それは番頭にきいてくれぬか」

「ああ、さようにござるな」

顔を向け、大二郎が番頭にたずねる。

「おい、大丈夫なのか」

「はい、大丈夫でございます。長崎の薬種問屋から送ったとの知らせが店にすでに届いていますので。今日にでも着くのではないかと」

「そうか、今日にでもな。番頭、おまえは俊介どのが注文している薬がなんという薬なのか、存じておるのか」

「はい、芽銘桂真散でございます」

すらすらと答えて番頭が軽く辞儀した。

「ふむ、なにやらむずかしい名だな」

独りごちて大二郎が俊介を見る。

「ということにござる。よかったですな」

「かたじけない」

「俊介どの」

まぶしいものを見るような目で大二郎が見つめてきた。

「俊介どのはいったい何者でござるか」

「ただの侍だが」

「それがしには、なにやらやんごとなきお方に見えるのでござる」

「そのような大袈裟な者ではない。俺とおぬしはまったく変わりがないぞ」

「はあ、さようにござるか」

間の抜けた感じの返事をした大二郎に笑いかけて、俊介は再び歩き出した。すぐさま、むっ、と目を厳しく細めた。焼け跡のまわりはいまだに大勢の野次馬で一杯だが、その中に佐助がいることに気づいたのだ。

素早く焼け跡を抜けるや、俊介は小走りに近づいた。ちらりと佐助が俊介を見やる。だからといって、なんの感情も浮かんだように見えなかった。関心などまったく抱いていないという顔だ。

だが、それは俊介を油断させるためのものだったらしい。いきなり、くるりときびすを返したのだ。だっと土を蹴り、走り出す。待て、という間もなく俊介から遠ざかってゆく。瞬時に背中が小さくなった。恐ろしいまでの足の速さである。

「待てっ」

あらためて声を発したが、佐助の足が止まることはなかった。青々とした葉を一杯に茂らせている林の向こう側に、その姿は消えていった。

――くそ、逃げられたか。

追っても無駄であることを覚り、路上に立ちすくんだまま、俊介はかたく腕組みをした。どうして佐助がここにいるのか。ただの野次馬ではあるまい。

振り返った俊介は焼け跡を眺め渡した。手をつないだ伝兵衛とおきみが走り寄ってくる。

佐助は、この焼け跡のことを気にしているのか。もしそうだとして、それはいったいどういう意味を持つのか。

考えたところで、答えは出そうにない。

それにしても、あの足の速さは驚きだ。まるで忍びのような男ではないか。忍びか、と俊介は思った。佐助は本当に忍びなのではあるまいか。この前、飯塚の宿場で黒ずくめの男と戦っていたが、あれは忍び同士の戦いだったのではないか。佐助という男はなにやらこそこそ動き回っており、それを阻止しようとする者がいるのではないか。

佐助はなにを嗅ぎ回っているのか。陽吉の死と博兵衛の死は関係しているのか。なにも関わりがないと考えるのは無理がある。

とにかく、と俊介は思った。今度佐助を見つけたら、必ず捕らえることだ。足の速さなど関係ない。不意打ちでもなんでもよい。

佐助の消えた林の方角をにらみつけて、俊介はかたく決意した。

三

おきみが目をごしごしこすった。

「おきみ坊、眠いのか」

「うん」

「おきみ、済まなかったな、つき合わせてしまって」

おきみに歩み寄り、俊介は謝った。しっかりしているが、おきみは六歳の女の子である。ずっと前から眠かったのではあるまいか。我慢していたにちがいない。そのことに気づかなかった迂闊《うかつ》さを俊介は恥じた。こんなことでは人としてまったく駄目だ。

「よし、帰ろう。おきみ、お詫びの印だ、おぶっていこう」

にこりと笑い、俊介はしゃがみ込んだ。

「ええっ、いいの」

「もちろんだ」

「うれしい」

ぴょんと跳ねておきみが俊介の背中につかまる。

「よし、落ちぬようにしろよ」

顔を伝兵衛に向けて、あたりを警戒してくれるように俊介は目で頼んだ。それとわかる程度に伝兵衛が顎を引く。

おきみを背負って俊介は軽々と歩いた。

「すごい、景色がちがうわ」

「いい景色か」

「うん、とっても」

不意におきみが俊介の肩のあたりに顔をうずめてきた。

「俊介さん、いいにおい」

「そうか。汗くさくないか」

「全然だよ。すごくいいにおい。ずっと嗅いでいたいくらい」

「ちとくすぐったいな」

おきみはなにも答えない。どうしたのか、と思ったら、すーすーと寝息が聞こえてきた。

「ああ、眠ってしまいましたな。安心しきった顔をしておりますぞ」

俺を頼ってくれているのだな、と思うと、俊介の心はほんわかしたものに包まれた。

別邸に戻り、おきみを布団に寝かせた。腹の上に布団をかけるときにおきみは目をあけたが、すぐに眠りに落ちていった。

「腹が減ったな」

隣の間に出て俊介は伝兵衛にいった。

「それがしもでござる。さて、どういたしましょう。まさかおきみ坊を起こすわけにはいきますまい」

「昨日の夕餉の残りがあるのではないか」

「ご飯はありましょうな。冷や飯でありましょうが」

「この家には味噌があると、おきみがいっていたな」

「ならば、それがしが味噌汁をつくりましょう。味噌汁だけでもあれば、だいぶちがいますぞ。熱々の味噌汁をご飯にかけて食べるのも、なかなか乙なものでござる」

「伝兵衛、つくれるのか」

「味噌汁くらい、たやすくできましょう。料理は手が出ぬのでござるが」

「つくったことは」

「昔あったような気がします」

「ずいぶん怪しげないい方だな」

「俊介どの、ご案じなさいますな。大丈夫でござる。お任せくだされ」

ゆっくりとかぶりを振り、俊介は伝兵衛を見つめた。

「いや、すぐには任せられぬ。伝兵衛、どういう手順でつくるのか、いうてみよ」

「たやすいこと。まず鍋に湯を沸かします。その上で刻んだ具を入れます。具が煮えたら鍋を火から外し、味噌を溶いて入れます。熱いのがよいのなら、また火にかければよろしい」

「それでできあがりか」

「はい、まちがいないと存じます」

うーむ、とうなって俊介は首をかしげた。

「なにか足りぬような気がしてならぬ」

「ほかになにを入れるというのでござるか」

「そういわれても、俺も味噌汁はつくったことがないゆえ……」

「とにかく俊介どの、つくってまいりますぞ」

すっくと立ち上がり、伝兵衛が台所に向かった。

四半刻後、伝兵衛に呼ばれ、俊介は台所脇の部屋に向かった。

「どうぞ、お座りくだされ」

「うむ」

板敷きの上に俊介はあぐらをかいた。二つの膳を持って伝兵衛が入ってきた。一つを俊介の前に置く。見事にご飯と味噌汁しかない。

「具はないのか」

「茄子くらいあるかと思いましたが、見つかりませなんだ」

「そうか。ならば仕方あるまい」

椀を取り上げ、俊介は味噌汁をすすった。

「おいしゅうござるか」

横に座り込んで伝兵衛がきく。

「うむ」

「なにやら歯切れが悪うござるな」

両手で包み込んだ椀を、伝兵衛がそっと傾ける。首をひねった。

「妙な味でござるな」

「うむ、なにかすかすかの味だ。芯がないというのか」

「味噌の味しか、しませぬ」

「やはりなにか入れるのではないか」

「俊介どの、いったいなにを入れるというのでござるか」

しばしのあいだ、俊介は考えた。

「――ああ、そうだ。わかったぞ。伝兵衛、正月になるとなにを食べる」

「正月といえば、餅でござろうの」

「餅はどういうふうに食べる」

「焼いて食べもうす。それがしはそれが一番好きでござる」

「ほかの食べ方もあるだろう」

「それでしたら、雑煮でしょうな」

「雑煮に入れるものがあるだろう」

「いろいろありますぞ。鶏、かまぼこ、ほうれん草、人参など。ああ、唾《つば》が湧いてきますな」

「具ではなく、上に振りかけたりするものだ」

「ああ、煮干し粉を入れたりしますな。あれを入れると、味がぐっとよくなります。ああ、なるほど、煮干し粉を味噌汁に入れるのでござるか」

「というよりも、だしだろうな」

「えっ、味噌汁にはだしが入っているのでござるか」

「そういえば、江戸の上屋敷では、ときおり鰹《かつお》だしの味噌汁が出てくることがあるぞ」

「鰹だしでござるか。それはまた贅沢なものを召し上がってござる」

「伝兵衛、そなたも一緒に食べているではないか」

「えっ、さようでございましたか。それは気がつきませなんだ。ところで、この味噌汁もどきはどうなさいますか。だしを入れてまいりましょうか」

「いや、このままいただこう。戦国の昔は、塩汁をおかずにしていたそうだ。それに比べたら、この味噌汁もどきもずっとましだろう」

椀を膳に戻し、俊介は茶碗を手に取った。飯を食べる。冷や飯でもかなりうまい。百姓衆が手塩にかけてくれたから、こんなにおいしいご飯にありつける。感謝を忘れてはならぬ、と心から思う。

最後に味噌汁を飲み干して、俊介は箸を置き、両手を合わせた。

「ごちそうさま」

「お粗末さまにござった」

「そんなことはない。具なしの味噌汁もどきもなかなかいけたぞ」

「それならよいのですが」

少なくとも腹はくちくなった。それで十分である。この世では、飢え死にする者も少なくないのだ。

腹が一杯になったら、急激に眠気が訪れた。

俊介どの、と伝兵衛が呼びかけてきた。

「それがし、しばらくのあいだ横になってもよろしいか。眠うてたまりませぬ」

「うむ、かまわぬ」

「では、失礼して」

こてんと横になるや、伝兵衛はいびきをかきはじめた。まるで幼子のように眠りに入った。

目を閉じ、俊介は壁に背中を預けた。刀は両手でしっかりと抱いた。これではまともな睡眠はとれないだろうが、はなから熟睡する気はない。


はっと目が覚めた。

人の気配がする。

いま何刻だろう。腕枕をして、まだ伝兵衛は眠っている。

おきみが目覚めたのだろうか。それとも来客か。あるいは——。

刀を引き寄せ、いつでも抜けるようにしてから俊介はすっくと立ち上がった。足早に玄関に向かう。この建物は武家屋敷ふうに玄関がついているのだ。よく武家の子弟は出家して住職になったりするが、吉田玄蕃の弟も同じだろう。

華やかな小袖《こそで》が見えた。

もしや。

胸がどきりとし、膝が一瞬震えた。

「ああ、俊介さま」

感極まったような声を発したのは、勝江である。良美は笑みを浮かべて、俊介をじっと見ている。俊介は見返した。心のうちからじわっと喜びが湧いてきた。

「良美どの、よく来てくれた。勝江も息災そうでなによりだ」

「はい、ありがとうございます。俊介さまたちのご様子が気になってやってまいりました」

「なんとかやっておる。大丈夫だ。こんなところで立ち話もなんだ、上がってくれるか」

弾む声でいって、俊介は良美と勝江をいざなった。

「伝兵衛とおきみはちと眠っているのだ」

振り向いて俊介は良美に伝えた。

「昨夜の火事のせいですね」

「存じていたか」

「はい。お城からも火が見えました。小牟田屋のあるじが亡くなったとうかがいました」

「うむ、その通りだ。我らは火事見物で徹夜をしてしまった」

座敷の襖をあけ、俊介は二人に座ってもらった。

「茶も出ぬが、勘弁してくれ」

「でしたら、私がいれてまいりましょう」

顔を上げ、勝江が申し出る。

「気持ちはありがたいのだが、実は茶葉がないのだ」

「それでしたら大丈夫です。そうなのではないかなあと良美さまと相談し、持参いたしました」

懐から仕覆《しふく》に包まれた茶入《ちゃいれ》を取り出して、勝江が俊介に見せる。

「茶葉は五回分はあると思います。これを置いていきますので、ご自由にお使いください」

「かたじけない。しかし、よい茶入よな。名のある茶入か」

「とんでもない。私の父が焼いたものです」

「ほう、そうなのか」

「私の父は、城下で唐津物屋をしているのです。お城にも品物をたくさん入れさせていただいています。その縁で、私は良姫さまのそばにご奉公できたのです」

「唐津物とは焼物のことか」

「はい、さようです。江戸では瀬戸物でしたね。こちらでは唐津物というのです」

「ほう、そうか。知らなんだ。勝江の父親は自ら唐津物を焼くのか」

「以前、出来の悪い品物が入ってきたことがあったそうです。もちろん返したそうですが、どうにも腹が煮えてならず、よし、自分で焼いてみせるわって、はじめたのです」

　ふふ、と俊介は笑いを漏らした。

「勝江の父上らしいな」

「勝江、早くいれていらっしゃいな」

「ああ、そうでしたね。忘れていました。俊介さまと話をしていると、楽しくてときがたつのを忘れます」

立ち上がって襖をあけ、勝江が廊下に出る。

「台所はこちらですか」

「まっすぐ行って左だ。すぐにわかる」

襖を閉めようとして、勝江がとどまる。むしろ広くあけて、一礼した。足音が遠ざかってゆく。

良美と二人きりになった。勝江が襖を閉めなかったのも当たり前だ。だが、俊介は少し息苦しい。

「あの」

「あの」

二人同時に声が出た。

「あっ、俊介さまからどうぞ」

「いや、良美どのから」

「いえ、ここはおのこである俊介さまから」

「それならばお言葉に甘えて」

こほんと俊介は咳払いした。

「お父上の具合はいかがかな」

「おかげさまで快方に向かっています。まだ目を覚ましませぬが、大丈夫だと御典医も太鼓判を押しています。あと一日二日で目を覚ますのではないかとのことです」

「それは重畳《ちょうじょう》」

ほっとした俊介が静かに笑みを見せると、良美も穏やかにほほえんだ。

「頼房どのが目を覚まされたら、一度、お目にかからねばならぬ。ご挨拶がまだゆえな」

「俊介さまの顔をご覧になったら、父上もお喜びになりましょう」

「だといいが」

「大丈夫です。父上はお優しい方ですから」

確かに、久留米有馬家の当主である頼房は穏やかで決して声を荒らげない男として、大名たちのあいだでは評判らしい。ただし、穏和《おんわ》なだけではなく、芯は実にしっかりしているとの評もあるようだ。良美の父だから、それも当然かもしれない。

「さて、今度は良美どのの番だ」

俊介がうながすと、はい、と良美がうなずいた。

「博兵衛どのが亡くなったとのことですが、おきみちゃんが必要としている芽銘桂真散はどうなりますか」

「今朝、小牟田屋の別邸に来ていた番頭に話を聞いた。今日にでも小牟田屋に届くはずとのことだ」

「それはよかった」

良美が安堵の息をつく。そのさまがとても優しくたおやかで、俊介は見とれた。

「それでも実は少し心配でもあるのだ。この手に入れるまでは安心できぬ」

「それはそうでしょうね」

「良美どのには感謝している。まさか久留米で手に入るように手配りしてくれているとは、夢にも思わなんだ」

「お話ししようと思ったのですけど、なんとなく秘密にしておいて、喜んでもらったほうがいいかなあとも思ったのです」

「話を聞いたときは、跳び上がるほどにうれしかった」

「俊介さまに喜んでいただいて、私もうれしく思いました」

その場で俊介と良美は見つめ合った。そばには誰もいない。抱き締めることができたらどんなにいいだろう。そして、このままずっと一緒にいられたらどんなに幸せだろう。

情けないことに声がうわずった。

「よ、良美どの」

「はい」

固唾《かたず》をのむように良美が俊介を見つめている。俊介は、ときが進むのが遅くなったような心持ちになった。

「俺は――」

そのとき廊下を渡ってくる音が聞こえた。力が抜け、俊介は口を閉じざるを得なかった。目を伏せ、良美が残念そうにしている。

「お待たせしました」

盆を捧げ持ち、勝江が入ってきた。二人の前に湯飲みを置く。

「あら、お二人ともなにか元気がございませんね。なにかあったのでございますか」

「なにもありませぬ」

「でもなにか良美さま、お腹立ちのようでございますね」

「別に腹など立てておりませぬ」

「さようですか。ああ、冷めぬうちにお召し上がりください」

湯飲みを取り上げ、俊介たちは勝江のいれた茶を喫した。口の中の悪いものが洗い流されるようだ。それだけ香りに満ちたうまい茶だ。勝江のいれ方も上手なのだろう。俊介の口からため息が漏れ出た。

「そういえば、伝兵衛さまが台所の横の部屋にいらっしゃいました。横になって寝ているのかと思いましたが、いびきもなにもかいていないので、まさか死んでいるようなことはありませんね」

「歳が歳だけに心配ではあるのだが、このところ、よく歩いたせいか、いびきが静かになってきたようだ。前はがなるようなのをかいていたが」

湯飲みを傾けて、俊介は茶を飲み干した。良美の湯飲みも空になった。

「それでは俊介さま、これで失礼いたします」

一礼して良美が静かにいった。

「えっ、もう」

「はい、玄番に無理をいって出てきたものですから、あまり遅くなるわけにはいかぬのです。できるだけ早く戻るようにいわれているのです」

「供は」

「はい、何人かつけてもらいました」

「それはよかった。しかし俺が送ろう」

良美の頬に喜色が浮かぶ。

「まことですか」

「俺は嘘をいわぬ」

「うれしい」

噛み締めるようにいう。

「しばし待っていてくれ。伝兵衛とおきみの様子を見てくるゆえ」

座敷を出た俊介は廊下を歩いた。

伝兵衛は起きていた。

「ああ、俊介どの。それがし、よく眠りもうした」

「どうだ、眠気は取れたか」

「はい、もう十分にござる」

「小牟田屋に行こうと思っている。供をしてくれ」

「承知いたしました。おきみ坊は」

「まだ寝ているのかな。だが、ここに一人で置いておくわけにはいかぬな」

「でしたら、それがしが起こしてまいりましょう」

「頼む」

座敷のほうから良美と勝江の話し声がする。

「どなたか客人でござるか。おなごでござるな。ああ、良美さまと勝江どのでござるな」

「うむ。城に帰るというので、送っていく」

「わかりもうした。俊介どの、しばしお待ちあれ」

部屋を出ていった伝兵衛がおきみを連れてすぐに姿を見せた。

「もう起きておりもうした」

「それはよかった。おきみ、今から出かけるが、よいか」

「うん、小牟田屋さんに行くんだね。——良美さんと勝江さんが来ているんだって」

「ああ、座敷だ」

おきみが部屋を飛び出ていった。

「えらい懐《なつ》きようですなあ」

「まったくだ」

その後、俊介たちは別邸の門を出た。外には、四人のいかにも屈強そうな侍が待っていた。一挺《いっちょう》の立派な駕籠《かご》に良美が乗り込み、しばし俊介を見つめてから、引戸を閉めた。

むっつりとした顔の四人の侍は、いずれも俊介を胡散臭げに見ている。この男が姫をたぶらかし、江戸屋敷から抜け出させたのか、といいたげな表情をしている。

居心地が悪いが、ここは耐えるしかない。供の者たちの気持ちはよくわかる。

駕籠に合わせてゆっくりと歩き、俊介たちは城の大手門の前まで来た。

「止めてください」

良美の声がかかり、駕籠が地上に降ろされる。引戸をあけ、良美が出てきた。

勝江が手を貸す。

背筋を伸ばした良美が俊介に向き直った。

「俊介さま、ではこれにて失礼いたします。お目にかかれて、とてもうれしゅうございました」

「俺もうれしかった」

「また会えますね」

「うむ、きっと会えよう」

「姫さま」

年かさで彫りの深い顔つきをした侍がいい、はい、と答えて良美が再び駕籠に乗り込んだ。引戸を閉めず、長いこと俊介を見ていた。

「行きますぞ」

また同じ侍がいい、良美があきらめたように引戸を閉めた。

まさかこれで最後ではあるまい。

勝江が俊介たちに挨拶してから駕籠の後ろについた。良美の乗った駕籠が見えなくなるまで俊介はその場を動かなかった。

「ああ、行っちゃった。次はいつ会えるのかなあ」

「すぐに会えるさ」

軽い口調で俊介はいった。

「でもお姫さまって、そうそう気ままに動けないんでしょ」

「うむ、そうだな。姫に限らず、武家というのは窮屈なものだ。おきみたち町人のほうが自由でよい。おきみも籠《かご》の鳥より広い空を飛び回れる小鳥のほうがよかろう」

「籠に閉じ込められるのはぞっとしないけど、おいしい餌《えさ》をもらえるなら、少しのあいだはいいかなあ」

「少しのあいだだから耐えられる。良美どのは生まれてからそれをずっとしているのだ。それしか知らなかったときはまだよい。だが、旅に出て自由さを知ってしまったからな。つらかろう」

久留米城の大手門前をあとにした俊介たちは小牟田屋に向かった。

店に暖簾はかかっていない。今日は休みにしたのだ。それも当たり前だろう。当主が死んだのである。店の戸は固く閉じられている。中で葬儀の支度があわただしく行われている気配が届く。

「裏に回るか」

「それがようございましょう」

脇の路地を入り、俊介たちは店の裏手に向かった。

裏口はあいていた。近所の者が大勢、手伝いに来ているようだ。気ぜわしそうに女房たちがしきりに出入りしている。その合間を縫うように俊介たちは敷地に足を踏み入れた。

焼け跡で話を聞いた番頭が、手代らしい者と打ち合わせ中なのか、大きな蔵の前で額を寄せ合っていた。

「忙しいところを済まぬが、ちとよいか」

数歩近づいて俊介は声をかけた。二人ともちょっと驚いた顔をしたが、俊介を認め、ていねいに辞儀をした。

「今朝は失礼をいたしました」

「いや、失礼なことなどなにもなかったぞ。今日、葬儀か」

「はい、通夜でございます」

「遺骸《いがい》は」

「別邸の焼け跡から引き取らせていただきました。すでに棺桶《かんおけ》におさめさせていただいております」

「焼香をしたいのだが」

「ありがとうございます。あるじも喜びましょう」

番頭の案内で俊介たちは母屋に上がった。大店だけに柱や梁など造りが立派で、広い。

「これは些少《さしょう》だが」

いきなり伝兵衛が懐から紙包みを取り出して、番頭に渡したから俊介はびっくりした。香典か、と思った。すっかり失念していた。さすがにこういうとき、年寄りは頼りになる。場数を踏んでいるのだ。

「ごていねいにありがとうございます」

腰を折った番頭が押しいただく。

俊介は感謝の眼差しを伝兵衛に送った。伝兵衛がかすかに笑みを漏らす。

「こちらでございます」

奥の座敷に案内された俊介たちは、棺桶の前に正座した。何本もの線香が灯され、座敷は煙っていた。ろうそくで火をつけ、線香を立てる。目を閉じ、俊介たちは合掌した。博兵衛の冥福《めいふく》を祈る。

こんなときだが、どうして佐助は焼け跡にいたのか、という思いが脳裏を走り抜けた。なにがあの男の興味を引いたのか。

目をあけた俊介は、そばに控えている番頭に向き直った。

「こんなときに済まぬが、芽銘桂真散はまだ届かぬか」

一瞬、意外そうな顔をした番頭が目を畳に落とす。

「まだ届いておりません。今日に届くことになっています」

「今日というのはまちがいないか」

「はい。先ほどのことですが、取引先の長崎の薬種問屋より、代金を受け取ったという知らせの文がまいりました。その文は九日前に出されたものですが、その文によれば、昨日、芽銘桂真散は島原屋《しまばらや》という飛脚問屋の飛脚の手によって長崎を出ているはずでございます。長崎から久留米までおよそ三十里。練達の飛脚の足なら一日で悠々と到着します。ですので、今日届くのはまちがいないはずでございます」

「そうか」

それを聞いて俊介はほっとした。伝兵衛とおきみも、よかったという顔をしている。

不意に番頭が眉根を寄せ、顔をしかめた。

「先ほど手代の一人から、ちと気になることを聞いたのですが」

「ふむ、なにかな」

「一刻ほど前のことですが、実は芽銘桂真散について、きかれていったお侍がいるのでございます」

「侍だと。どういうことかな」

「それが、よくわからないのでございます。名乗られなかったそうですが、俊介さまの使いだとおっしゃったそうです」

だから先ほどこの番頭は、芽銘桂真散のことを俊介が持ち出したとき、意外そうな顔をしたのだ。一刻のあいだに二度もきかれては、それも当たり前だろう。

俊介の胸に暗い予感が兆《きざ》した。

「どんな侍かな」

「はい、ずいぶんといかつい顔をしたお侍とのことでございました。言葉からして、この土地の者ではないのではないかということでございます」

「ということは、有馬家中の者ではないということか」

「はい、おそらくは」

深く息を吸い込んで俊介は腕組みをした。

「その手代はいかつい顔の侍に芽銘桂真散のことを教えたのか」

「いけなかったでしょうか」

「俺の名を出されては、教えぬわけにはいかなかっただろうな」

胸騒ぎがしてならない。伝兵衛とおきみも気がかりそうにしている。心中に黒雲が渦巻くのを、俊介は止めようがなかった。

四

平坦で見晴らしがいい。

風の通りがよく、汗が引いてゆく。

すぐそばを日田《ひた》街道が通っている。佐賀と久留米を結び、豊後《ぶんご》の日田のほうまで延びる街道だけに、長崎街道より人通りが多いかもしれない。土手にいる似鳥幹之丞と鬼形熊三郎をちらちら見てゆく者が、あとを絶たない。

北側に山塊が見えている。筑前と肥前の国境になっている脊振山《せふりさん》を中心とする山並みである。脊振山のほうを源流としているのか、近くを川が流れている。澄んだ流れで、幹之丞は先ほど河原に下りて顔を洗ってきたばかりだ。

「そこの川はなんという」

あぐらをかいた熊三郎がきいてきた。

「切通川《きりどおしがわ》だ」

「ということは、近くに丘でもあり、それを切りひらいて流れを通した川ということか」

「由来は俺も知らぬ。多分そういうことであろう」

「そうか。わしはいろいろ由来を調べるのは好きだぞ」

竹皮包みをひらいて、熊三郎が握り飯をほおばる。

「ふむ、九州の米もなかなかうまいの」

「信州の米はもっとうまいといいたげではないか」

「まあな。信州は米どころゆえ。これよりももっとちっとしておる。それでも、思った以上に九州の米はうまい」

「九州と一口にいっても、九つの国がある。どこも異なる味の米をつくっていよう」

「これはどこの米だ」

「ここ肥前の米よ。うまいと評判らしいぞ」

「うむ、評判倒れということはない」

熊三郎は三つの握り飯をあっという間に平らげ、最後にたくあんを口に放り込んで、頑丈そうな顎で嚙み砕いた。握り飯を包んでいた竹皮を丸めて、投げ捨てた。風が吹き、竹皮をころころと転がしてゆく。

「おぬしは食べぬのか」

竹皮を目で追って熊三郎が問う。

「仕事の前には食わぬ」

「腹が減っては軍《いくさ》ができぬというではないか」

「腹は空いておらぬ」

なに、と熊三郎が瞠目《どうもく》する。

「朝餉を食べてから、なにも腹に入れておらぬのに」

「体がそういうふうにできておる」

「生まれつきということか」

「ちがう。幼い頃はよく腹を空かしていた。なんでもかんでもいつも食べたかった」

「それが今は腹が空かなくなったたか」

「鍛えたゆえな。だが、常に空かぬわけではない」

「それはそうだろうな。今日の朝餉はたっぷりとっていたものな」

伸びをして、熊三郎が土手に仰向《あおむ》けになる。

「ああ、よい天気よな。九州はくそ暑いが、ここは悪くない」

幹之丞は熊三郎の横に来た。手庇をかざして熊三郎が見上げる。

「どうであった、俊介の腕は」

幹之丞がきくと、熊三郎がゆっくりと起き上がった。

「なかなか遣える。大名のせがれにしておくには惜しい。それでも、わしの敵ではない。今度は必ず倒す。次にわしに会うとき、やつはあの世行きだ」

「うしろから刀を振り下ろしたとき、気持ちに迷いが出なかったか」

うっ、と熊三郎が詰まる。

「わかっておったか。正直いえば、主家の若殿ということでわずかに気持ちが揺れた。ためらいが出た。それでよけられてしまった」

「やはりな」

「次はこんなことはない。必ず殺す」

目をぎらつかせて熊三郎が断言した。

真田俊介の息の根を止めるのはなかなか骨だ、と幹之丞も思う。やつには真田の守り神がついているのではないか。守り神ごと倒すという強い気持ちでいかないと、殺すのはむずかしいだろう。

目の前の熊三郎はおもしろい剣を遣う。正面切って戦えば、俊介を殺れるかもしれない。

別段殺れずともいい。最後はこの俺が殺すのだから。所詮、熊三郎も捨駒に過ぎない。

「鬼形どの、おぬし、どうして若殿殺しを請け負ったのだ」

捨駒といえども、そのあたりの事情には興味がある。

「なに、家老の大岡勘解由さまが、若殿を亡き者にすれば禄を戻してくれるというのでな。禄が元に返るだけでない。加増があるといわれた」

「おぬし、禄を減らされたことがあるのか」

「あるもなにも、今も減らされたままよ」

「なにゆえ」

「ちとあった」

険しい顔をして、熊三郎が切通川の流れを見つめる。

「話してくれぬか」

「よかろう」

あっさりといい、熊三郎が唇を湿らせた。

「わしは江戸留守居役の一人だった。ある日、上役から、とある大名家に一通の文を持ってゆくよう頼まれた」

「ふむ」

「文の中身は、たいしたものではなかった。留守居役同士の寄合が行われる料亭の名と場所を知らせるもので、別に言伝《ことづて》でもかまわぬ程度のものだった。わしはその文を先方に届けた。先方も、確かに受け取ったといった。わしは上役にもその旨を告げた。そんな頼まれごとがあったことを忘れていた半月後、わしは上役に呼び出された」

「なにゆえ」

「先方に文が届かなかったゆえ、その大名家の留守居役が寄合に来られなかった。どういうわけだ、ときかれた」

「それはまた妙な話だ」

「わしも同じ思いを抱いた。文は届けたし、先方にも確かに受け取ったといわれた。上役にもそのことを知らせたはず、とわしはいい募った。受取証をもらったかときかれたゆえ、受け取っておらぬとわしは答えた。とにかく先方に恥をかかせたゆえ、今から謝りに行くと上役にいわれ、わしは納得しがたかったが、その命に従った」

うむ、と幹之丞は相槌《あいづち》を打った。

「わしはその大名家の留守居役に、仕方なく謝った。それが事を荒立てぬ最良の手立てだったからだ。しかし、その留守居役はねちねちと文句を連ね、わしをいたぶりおった。じっと我慢していたが、ついに腹に据えかね、わしはその留守居役を殴りつけた」

「ほう、よくやった」

感嘆の意を込めて幹之丞はいった。

「ああ、やったさ。わしは切腹を覚悟した。だが、そうはならなかった」

「なぜ」

「その直後、殴りつけた留守居役が公金の使い込みで捕らえられ、切腹してのけたからだ。本当に使い込んでいたかどうか、はっきりしたことは他家のことゆえわからぬが、使い込みで死んだ者を殴っただけで切腹させるのは、哀れではないか、ということになったらしい。わしは命を長らえた。だが留守居役という職は取り上げられて減知され、国元に押し込まれて逼塞になった。すべての者に忘れ去られたように今日に至った」

「その逼塞の最中、竜穴を編み出したのか」

「そうだ。ほかにすることもなかった」

「妻子は」

「妻はいたが、子はない。妻は病を得て、亡くなった。優しいのが取り柄の女であった」

遠い目をし、熊三郎が小さく息をつく。

「ときに無性に会いたくなる。あの世に行けば会えるだろうか」

「かもしれぬ」

ところで、と熊三郎がいった。

「目当ての者はまだ来ぬのか」

顔を上げ、幹之丞は街道上に目を走らせた。

「勘がよいな。来たようだ」

土手の上に置いてある刀を手にし、幹之丞は立ち上がった。刀を腰に差し、街道上に出た。

飛脚は島原屋の半纏《はんてん》を着ている。まちがいない。肩に担ぐ三尺棒には、油紙の包みが紐でくくりつけられている。あの油紙の包みの中に例のものが入っているのだ。

街道の真ん中に立つ幹之丞に気づき、飛脚がむっとする。大名行列の前を横切ってもかまわないとされる飛脚の前に立ちはだかるとは、けしからんといいたげだ。幹之丞はすっと横に動いた。そこを飛脚が通り抜けようとする。幹之丞は抜き打ちに刀を一閃《いっせん》させた。

「うおっ」

声を上げたのは、土手にいる熊三郎である。背中を斬り割られた飛脚は一言も発することなく、どうと音を立てて倒れ込んだ。すでに息がない。おびただしい血が流れ、路上をどす黒く染めてゆく。鉄気《かなけ》臭さが立ちのぼり、むせそうだ。まわりにいた旅人たちがどよめき、そのあとはかたまっている。あまりの驚きに声も出ない。

血振るいをして刀を鞘におさめ、表情一つ変えずに幹之丞は飛脚に近づき、三尺棒に結びつけられている油紙の包みをあけた。中には紙包みが入っている。

「そいつが芽銘桂真散か」

土手を下りてきた熊三郎にきかれ、幹之丞は深くうなずいた。

「そうだ。こいつが、俊介が喉から手が出るほどほしがっている薬だ」

これでよし。紙包みを懐にしまい、幹之丞はふっと笑みを漏らした。

五

ゆらりと影が動いた。

——来たか。

大木の根元に座り込んでいた佐助は、素早く立ち上がった。

「待っていたぞ」

影に向かって鋭い声を放った。

「待っていたか」

闇の向こうからかすかに笑い声が聞こえた。

「佐助、相変わらず気が早いな。まだ約束の刻限の前だぞ」

約束の刻限は夜の四つだが、まだ五つ半を少し過ぎたところだろう。

「佐助、何用だ」

闇から声が発せられる。

「ききたいことがある」

「ききたいこととは」

「そこでは遠い。もっと寄れ」

実際、十間以上あり、話がしにくい。だが影はじっとしている。射るような眼差しを向けてきているのがわかる。

一陣の風が吹き、あたりの草が一斉になびいた。背後の神社の木々の枝が打ち合わさり、かちかちという音を立てた。本殿の屋根に生えている草が激しく揺れ、今にも飛ばされそうに見えるが、雑草はしぶとい。上のほうが風は強いようだ。

影が風に押されたように動きはじめた。五間ほどまで近づいてきて、足を止めた。この草原にはひときわ深い闇が覆いかぶさっているとはいえ、影の顔が初めてはっきりした。相変わらず彫りの深い顔をしている。腰に脇差を帯びていた。

「正八郎、よく来た。今日は忍び頭巾をしておらぬのだな」

「佐助、ききたいことというのはなんだ」

苛立《いらだ》ちを抑えかねたように正八郎がいう。

「陽吉を殺し、俺を襲ったのはきさまだな」

肩を怒らせて佐助はずばりいった。ふっ、と息をついて正八郎が顎を引く。

「否定する気はない」

「やはりそうだったか。なにゆえあのような真似をした」

「いう必要はなかろう」

「いえ」

「佐助、きさまはもうわかっているはずだ。だからこそ俺を呼び出したのだろう」

佐助は眉根を寄せ、口をゆがめた。

「二人を逃がすためだな。二人が無事に逃げ延びるためには、俺や陽吉は邪魔でしかない」

これに対して正八郎は無言だ。

「博兵衛とおさちが恋仲なのは、一目でわかった。きさま、わかっていて許したのか」

「気持ちはわかるゆえな。自由に生きたいではないか。俺もできれば好きな女のあとを追って江戸に行きたかった」

「うぬに好きな女がいたのか」

「悪いか」

「悪くはない。だが、自由だと。草としてそのような気構えでよいと思っているのか」

「草などつまらぬ。おとっつぁんから、自分たちが草で、しかも小牟田屋の監視が仕事と聞かされたとき、俺は仰天した。絶望もした。俺はうどん屋のせがれだと思っていたからな。一生、うどんを打ってゆくのだと思っていた」

「そんな一生こそ、つまらぬではないか」

「お客さんに、こんなにうまいうどんを食べたのは初めてだといわれるときの喜びを知らぬようだな」

「つまらぬ」

佐助は吐き捨てた。

「つまらぬのは草だ。佐助、きさまも公儀隠密《おんみつ》など実はつまらぬのではないか」

「冗談ではない。俺は誇りを持っている。誇りを持って仕事をせねば、黙々と仕事を続けてきた父や祖父までも否定することになろう」

「俺たちはどこまで行ってもかみ合うことはないようだ。それにしても、まさか草などというそんな裏の仕事があろうとは、夢にも思わなんだ」

「仕方あるまい。それが運命《さだめ》というものだ」

「公儀隠密が公儀隠密を監視してどうなる」

「裏切りや職務をおろそかにしていることを明らかにできるではないか」

「そうしたからといって、なんになる」

「それが仕事だ。俺たちはそれで飯を食っている」

「俺はうどんを打つのが仕事だ」

「うどん屋にしては、ずいぶん鍛え上げているではないか」

「無理にやらされただけだ。自ら望んだことではない。俺は殺したいほど、おとっつぁんが憎かった。強くなれば殺せる。それだけを思い、黙って鍛えられるに任せた」

「よくがんばったな」

佐助は冷やかすようにいった。ふん、と鼻を鳴らした正八郎が目を動かし、佐助を見つめた。

「有馬頼房さまの寝所に忍び込み、蠍を放ったのはきさまだな。なにゆえあのような真似をした」

「すでにわかっているのではないか」

「博兵衛どのの動きを確かめるためか」

そうだ、と佐助はいった。

「やつの動きがここ最近、鈍いことはすでにこちらに入ってきていた。まことのことなのか、確かめる必要があった」

「きさまは弱い毒の蠍を寝所に放った。頼房さまは刺され、一時は重篤に陥った。

それだけの重大事だ、公儀隠密ならば即座に調べ上げ、江戸に知らせなければならぬ。しかも、小牟田屋は薬種問屋だ。必ず蠍の毒について有馬家から問い合わせがある」

「その通りだ。にもかかわらず、博兵衛はまったく動かなかった。やつは職務を怠った。なにかを企《たくら》んでいる。俺としてはそう判断せざるを得なかった。しかも久留米に着いてみると、監視役の二人の動きもおかしかった。正八郎、うぬとおさちのことだ。わかっておるのか」

「わかっているさ」

腕組みをし、佐助は正八郎をにらみつけた。

「博兵衛は生きておるな」

「さて、どうかな」

「とぼけたところで無駄だ。俺は必ず二人とも仕留める。焼け跡から出てきた死骸は誰だ」

「博兵衛さんだろう」

「ちがう。あの死骸はあらかじめ用意されていたものだ」

「馬鹿をいうな。死骸をずっと取っておいたというのか」

「死骸でなくてもよい。男を一人、牢《ろう》にでも閉じ込めて生かしておいた。それをついに昨夜、自分の身代わりに仕立てた。そういうことではないのか」

正八郎から答えはなく、代わりに殺気が充満しはじめた。

「図星だったようだな。正八郎、うぬも博兵衛とおさちの逃亡に嚙んでいるのか」

「二人は俺が陽吉を殺し、きさまを襲ったことなど知らぬ」

すでに正八郎は脇差を抜いている。抜き身が獣の目のようにぎらりと闇に光る。

「正八郎、本気のようだな。よし、決着をつけよう。このあいだは邪魔が入ったゆえ。ここならば存分に戦えよう」

腕が互角であるのはわかっている。いつ果てるとも知れない戦いになるかもしれんな、と佐助は覚悟した。

――来いっ。

気合を込めて脇差を抜き放ち、佐助は腰を落とした。片手で脇差を構える。

正八郎は両手で脇差を握っている。半身の姿勢だ。

——行くぞっ

土を蹴って佐助は突っ込んだ。

——おうっ。

つむじ風のように正八郎が突進してきた。

脇差が突き出される。佐助は跳躍して避けた。上から脇差を振り、正八郎の頭を割ろうとした。

正八郎が軽々とよけ、下から脇差を槍《やり》のように突き上げる。体をひねってそれをかわし、佐助は着地した。

すぐさま横に鞠《まり》のように跳ねた。駆け寄った正八郎が、佐助の背中を斬り裂こうと脇差を振り下ろしていたからだ。

正八郎の脇差は空を切った。大木の幹を蹴って、佐助は体の向きを変えた。正八郎の懐をめがけて一気に突き進んだ。正八郎が横に回って脇差を振ってきた。その動きを予測していた佐助は体勢を低くして、脇差を振り上げた。ぴっと音がし、正八郎が顔をしかめた。

ただ着物をかすっただけなのは佐助にもわかったが、今のはこちらのほうが腕が上であることを如実に示していないか。

そんなことを思ったら、正八郎の姿が視野から消え失せた。後ろを取られたと感じ、振り向こうとしたが、その前に斬撃が見舞われた。佐助はあわてて前に跳んだ。ぴっと音がしたのは着物のどこかをかすられたからだ。どこにも痛みはないが、佐助はちっと舌打ちし、顔をゆがめた。やはり腕は互角だ。正八郎の間合を逃れ出て、佐助は振り向いた。脇差を油断なく構える。

正八郎が目の前に立っている。距離は三間ばかり。

本当に長引きそうだな。力が尽きたほうが負けだ。

そんなことを佐助は思った。自分にはあとどれだけの力が残されているのか。たっぷりと残されているさ。一斗樽《いっとだる》の酒の、まだ五合程度を飲まれたに過ぎない。

息を入れ直し、佐助は気合を新たに込めた。

どちらかが死ぬまでこの戦いは終わらない。正八郎をにらみつけ、佐助は思った。

――必ず殺してやる。生き残るのは俺だ。

むろん正八郎も同じことを考えていよう。

どちらが勝つか。生への執着がまさったほうにちがいあるまい。

──行くぞ。

脇差を闇にきらめかせて、佐助は再び突っ込んだ。

殺気をみなぎらせて、正八郎がまっしぐらに進んでくる。

脇差を振り合った。ぎん、と静寂の中に音が鳴り、火花が散った。


半刻後、無言の戦いはまだ続いていた。傷だらけの二人は脇差を持つ手を上げることすらむずかしくなっていた。立っていることもきつくなっている。

二人はもつれ合い、絡《から》み合った。力士のようにぶつかり合い、やがて力尽きたように二人とも地面に崩れ落ちた。

しばらくのあいだ、二人とも死んだように動かなかった。がつ、という音が闇に響いた。

その音に、近くの木にいた梟《ふくろう》が驚いて羽ばたき、飛び去った。梟の羽が何枚か舞い、そのうちの一枚が二人の男の上にひらひらと落ちてきた。

それを感じ取ったわけでもないだろうが、一つの影がのろのろと上体を起き上がらせた。はあはあ、といって地面に両手をつく。横たわったまま動かずにいるもう一つの影を見下ろした。

再び大きく息をつき、よろよろと立ち上がった。脇差を杖《つえ》にし、全身に力を込めて歩き出す。ふらつく体をなんとか立て直し、ゆっくりと歩を進めてゆく。

やがて影は草原を出てゆき、闇に紛れるようにして消えた。

六

味噌汁がおいしい。

ちゃんとだしが取られている。

「うーむ、いい味だ」

何度か首を振ったあとで、俊介は感嘆の声を漏らした。

「俊介どの、それはそれがしへの嫌みでござるか。それとも当てこすりでござるか」

箸を止めて、伝兵衛がにらむ。

「俺は嫌みも当てこすりもいわぬ。おきみのつくる味噌汁が、ただうまいだけの話だ」

「でも、俊介さんも伝兵衛さんもすごいよね。お味噌汁にだしを入れることを知らなかっただなんて」

「いやあ、面目ない」

情けなさそうに伝兵衛が頭の後ろをかく。

「この歳まで生きていて、だしのことなど、まったく知らなかったわい」

「俺も知らなんだ。考えてみれば、だしを入れなければ妙な味になるのはわかりきっているのに、気がつかなかった」

「おっかさんに聞かせたら、きっと笑い転げるわ。それで俊介さん、伝兵衛さん、どんな味だったの、そのだしなし、具なしの味噌汁は」

「間の抜けた味じゃった」

ぽつりといい、伝兵衛が味噌汁をすすった。

「昨日の味噌汁は、これとはまったくの別物といってよいわ」

「うむ、俺もあんなにうまくない味噌汁は初めて飲んだ」

「そのお味噌汁はどうしたの。もしかして捨てちゃったの」

「いや、全部飲んだ」

「塩辛くなかったの」

「こっちの味噌は甘めだからな」

「俊介さん、それでもよく全部飲めたね」

「捨てるなどという、もったいないことはできぬ。それに、がんばって伝兵衛がつくったものだ」

「そういう言葉を聞くと、救われますぞ。俊介どの、かたじけなく存ずる」

伝兵衛が深々と頭を下げる。

「私を起こせばよかったのに」

「おきみ坊は眠ったばかりでの、起こすのは悪いと思ったのじゃよ」

「気を遣ってくれたのね。ありがとう」

「おきみには徹夜をさせてしまったからな、気を遣うのは当たり前だ」

朝餉を食べ終えた俊介たちは、勝江の持ってきてくれた茶を喫した。

「俊介どの」

湯飲みを膳において、伝兵衛が呼びかけてきた。

「今日も小牟田屋に行くのでござるな」

「うむ、行かねばならぬ。今日こそは芽銘桂真散を引き取らねばならぬゆえ。いくらなんでも、もう届いているだろう」

本当は、昨日ずっと待っていたかったのだが、飛脚が来る前に通夜がはじまったのだ。さすがに番頭や手代たちも俊介たちの相手をしていられなくなり、俊介たちは引き上げざるを得なかったのだ。

「届いてますかな」

「届いていてもらわねば困る」

なにしろ病床の父幸貫が待っているのだ。幸貫は三月《みつき》で戻ってくるようにいった。それが病に負けることなく体を持たせる限度だと。それに、真田家の嫡男である俊介が江戸にいないことを公儀に知られずにいるのも、三月が精一杯だろう。嫡男といえども、いろいろとつき合いがあり、あまりに不参が続くと、他の大名の嫡男や旗本の跡取りに怪しまれることになろう。

ただ、気がかりはいかつい顔をした侍が芽銘桂真散のことを小牟田屋の手代にきいていったという事実である。

いやな予感ばかりが胸に迫る。まさかその侍も芽銘桂真散をほしがっているのではないか。

薬が小牟田屋に着いたら、横取りする気ではあるまいか。

そんな気がして、俊介はゆっくりとしていられない気持ちになった。伝兵衛とおきみとともに小牟田屋に急いだ。

葬儀が終わったばかりのようで、奉公人たちは力が抜けていた。店の中にまで線香のにおいが籠もっている。

「無事に終わったか」

「はい、おかげさまでつつがなく。手前がこんなことを申し上げるのもどうかと思いますが、あるじも成仏できたのではないかと存じます」

「葬儀が終わったばかりで、疲れているときに押しかけて済まぬ」

頭を下げて、俊介は詫びた。狼狽した番頭が、もったいのうございます、とうろたえていった。

「俊介さま、お顔をお上げください。こちらこそご迷惑をおかけしていますのに」

目を上げて俊介は番頭を見つめた。

「それで、届いたか」

「それが……」

うつむいた番頭がこうべを垂れる。

「まことに申し訳ございません」

「まだ届いておらぬのか」

俊介の言葉に番頭がさらにうつむく。

「はい、まことに申し訳ございません。どこで手ちがいがあったのか、手前どもにもさっぱりわけがわかりません。結局、昨日、島原屋の飛脚は来なかったのでございます。このようなことは初めてで、手前どもも困惑しております」

「通夜が執り行われていて、飛脚が遠慮したというようなことはないのか」

「どんなことがあろうとも、必ず届けるように島原屋にはいってあります。ですので、遠慮したとは考えられません」

そうか、と俊介はいった。

「飛脚になにかあったのかな。たとえば、途中、病で倒れたとか」

「はい、そういうことはこれまでに一度もありませんが、考えられないことはありません。これより手前どもからも、長崎に向けて早飛脚を出す手はずになっております。取引先に問い合わせをするつもりでございます」

「長崎へ問い合わせか……」

ときがかかりすぎるのではあるまいか。やはり、と俊介は思った。昨日、芽銘桂真散のことを聞いていったという侍のことが、どうしても引っかかる。飛脚が来ないことと関係ないのだろうか。いや、関わりがないはずがない。侍が芽銘桂真散のことをきいていったあと、飛脚が来なくなったのだ。

「なにもなければよいのですが」

気がかりそうに番頭が左に顔を向け、遠いところを見るような目になる。そちらには長崎がある。

長崎にじかに取りに行ったほうがよかったか。いや、そんなことはない。良美が厚意でしてくれたことなのだ。必ず無事に届く。そう信じて待つしかない。

「しばらく、ここにいてかまわぬか。邪魔にならぬか」

「邪魔などということは決してございません。薬が届くまでいらしてくださってけっこうでございます」

座敷が与えられ、俊介たちはそこに落ち着いた。今は気持ちを平静に保ち、待つしかない。ほかに手はなかった。


半刻後、番頭がやってきた。

「届いたか」

俊介は腰を浮かせてきいた。

「そ、それが」

「どうした」

下を向き、番頭がいいよどむ。ひどく暗い顔になった。

「島原屋の飛脚が殺され、芽銘桂真散を奪われたそうでございます」

驚いたが、驚愕《きょうがく》というほどには至らない。やはりそのようなことが起きたか、と俊介は思った。いかつい顔をした侍の仕業《しわざ》か。

「下手人は捕まったか」

いいえ、と番頭がかぶりを振る。

「いつのことだ」

「昨日の夕刻のことでございます」

「知らせが遅すぎぬか」

「それが肥前で飛脚が殺されたので、こちらにはなかなか知らせがこなかったのでございます」

肥前鍋島家の役人が調べに当たったのだろう。確かに筑後に知らせが届くのに手間取るのは仕方あるまい。

「誰が飛脚を殺害したのだ」

「名はわからないようです。ただ、目がぎろりとして、体格のよい侍だったそうです。実際にその侍が飛脚を殺すところを見ていた者がたくさんいるようでございます」

そういうことか、と俊介は思った。すべてのつじつまが合ったような気がする。

「その侍は似鳥幹之丞という者だ」

いかつい顔の侍は、似鳥の下にいる者なのだろう。幹之丞はどうしてそんな真似をするのか。芽銘桂真散を手に入れて、どうしようというのか。いや、なんの意味もないのかもしれない。俊介たちに対する嫌がらせに過ぎないのかもしれない。

ぎゅっと唇を噛み締め、畳に拳《こぶし》を叩きつけそうになって俊介はとどまった。

いまいましい。やつには人の心がないのだ。獣のほうがずっと温かな心がある。

瞑目《めいもく》し、俊介は殺された飛脚のことを考えた。哀れでならない。

「かわいそうに……」

涙が出そうになる。自分たちの争いに巻き込まれ、たった一つしかない命を奪われてしまったのだ。

飛脚には妻も子もいるのではないか。薬を運んでいて、まさか自分が死ぬことになるとは、夢にも思っていなかっただろう。

かわいそうに。

済まぬ、と俊介は心中で手を合わせた。必ず仇を討つ。そのくらいで成仏できるはずもないだろうが、自分にできることはそれしかない。

やつを捜し出すのにはどうすればよいか。人相書をたくさん刷って、久留米中にばらまくか。

いや、そんなことをしてもやつは捕まるまい。どこに隠れているのか。出てこい、と怒鳴りたい。この場に引き据えて叩っ斬ってやりたい。はらわたが煮えくり返り、ぐつぐつと音を立てている。

どうすればいい。どうすればやつを見つけ出せるか。

真田俊介、と俊介は自分に呼びかけた。

よいか、知恵を働かせるのだ。

頭を必死にめぐらせるのだ。

考え続けていれば、必ず知恵は浮かぶものだ。そうでなければ、人が頭を持っている意味がない。

人が獣と異なるのは、知恵があることだろう。

第四章　男たちの掟

一

顔をしかめている。

「痛いのか」

枕元に正座し、博兵衛はおさちをのぞき込んだ。

「ごめんなさい」

苦しそうに息をついて、おさちがじっと博兵衛を見る。

「なにを謝る」

「私がこんなふうにならなければ、今頃もっと遠くまで行けたはずなのに」

「気に病むな」

優しくいって博兵衛はおさちの髪をなでた。

「おさちが身重になったのはわしにも責任がある。やや子ができて、体の具合が思わしくなくなる者は多い。よい薬があればよいが、うちにある薬はほとんど効かん」

ふっと息を漏らして、おさちが苦笑する。

「薬種問屋だというのに、よい薬がないなんて。でもあなた、私は悔しくてならないの。おととい久留米を出たのに、まだ田代宿にいるだなんて」

確かにその通りだな、と博兵衛は思った。おさちの具合が悪くなり、動かせなくなったのは誤算以外のなにものでもない。だが下手におさちを動かしたら、流産してしまうかもしれない。母子ともに、はかなくなってしまう恐れがある。もしそんなことになれば、逃げることになんの意味もなくなる。おさちは宝物だ。失うわけにはいかない。

焦ることはないだろう、と博兵衛は踏んでいる。いずれすべてのからくりは気づかれるだろうが、まだある程度の余裕はあるはずだ。すぐに追っ手がかかることはないと信じたい。

田代宿は対馬宗家から入ってくる漢方薬の町だが、博兵衛は田代売薬の者たちとはほとんど面識がない。仲間ではなく、商売敵《がたき》といっていい者たちなのだ。もちろん、中には互いに顔を見知った者はいるだろうが、それは博多でも似たようなものだ。

博兵衛は頭巾をすっぽりとかぶり、できるだけ顔は出さないようにしている。夏風邪を引いていることにしているのだ。それで、これまでなんとかごまかせてきている。

博兵衛は、ずっと前から自由になるための策を練っていた。それをついに実行に移したのである。きっかけは、女房のおさとの死である。

頭に思い描いていた予定では、久留米から一気に博多へ出て、そこから便船を得て赤間関に行くことになっている。赤間関まで行ってしまえば、この策は成功したも同然ではあるまいか。そこで船を乗り替え、大坂を目指す。大坂の町に身を置いて二人で暮らし、ほとぼりを冷ましてから最後は江戸に行く。江戸は公儀隠密の本拠だが、あの町のほうが身はひそめやすいだろう。こちらの顔を知っている者は、一人もいないと断言していいのだ。

江戸では、ゆったり暮らせるはずだ。それだけの金はある。必死に商売に精を出し、一生困らないだけの金を得たのだ。それは為替手形《かわせてがた》にして持ってきている。二百五十両の為替手形を十通、所持しているのだ。残りの生涯を過ごすのにこれほどの大金はいらないだろうが、あって困るものではない。おさちや生まれてくる子に残してやればいい。

金蔵から二千五百両もの金を持ち出したわけではないから、店が回らなくなるようなことはない。商売で得たものであるのは確かだが、これまで三十年近く必死に働いて貯め込んできたものなのだ。月に十両を切るくらいの金を貯め続けてきたのである。すべては公儀隠密という身分を捨てて、自由を得るためだ。

「あなた、もし私が死ぬようなことになったらどうするの」

唐突におさちがいった。

「なに馬鹿なことをいっているのだ」

「ねえ、聞きたいの」

おさちを見つめ、博兵衛はしばらく無言でいた。

「あとを追う」

静かだが、断固とした口調でいった。

「えっ、そんな」

「おまえがいなくなったら、生きていてもしようがない。なんの希望もない。おまえがわしを生かしたいのなら、弱気など口にせず、がんばって一緒に生きてくれることだ」

「わかりました、そうします」

疲れたようにおさちが目を閉じる。

「眠るか」

「ううん」

枕の上でおさちが軽く首を振った。

「眠くないの。そばにいてください」

手を伸ばし、博兵衛の手を握ってきた。

「あったかい」

「今の時季、この温かさはありがた迷惑ではないか」

「そんなことはありません。初めてあなたの手を握ったとき、その温かさに私、びっくりしたの。その驚きは今も続いています」

おさちがまた目を閉じたが、すぐにあけた。瞳に決意がみなぎっている。

「あなた、私には秘密があるのです」

「ほう、どんな秘密だい」

できるだけ軽い口調で博兵衛はいった。

「聞きたいですか」

「うむ、聞きたいな」

間髪いれずにおさちが口にする。

「私がおさとさんを殺したの」

なんだって、と博兵衛はいった。

「おまえが女房を殺しただって」

「ええ、そうです」

深いうなずきを見せて、おさちが続ける。

「あなたが旅に出ている晩を選んで小牟田屋に忍び込み、寝ているおさとさんの盆《ぼん》の窪《くぼ》を竹串で刺しました」

瞬きすることなく、おさちは博兵衛を凝視している。博兵衛がどういう顔を見せるか、固唾をのんで見守っているのだ。

「それはちがうよ」

穏やかな声で博兵衛はいい、静かにかぶりを振った。

「なにがちがうのですか」

「おさとはわしが殺したのだ」

「えっ」

なにをいっているのかという顔で、おさちが目を大きく見ひらく。

「だって私が盆の窪に竹串を刺したのです。あの感触はいまだに消えない。それはそうでしょう。初めて人を殺したのだから」

いや、と博兵衛はまた首を横に振った。

「おさとは死んでいなかった。おさちの竹串は急所を外れていたんだよ」

「ええっ」

枕から頭を持ち上げ、おさちが博兵衛をまじまじと見る。

「嘘……」

「おさち、安静にしていなさい。今日はもうこの話はやめよう。体に障る」

「ううん」

じっと博兵衛の目を見つめておさちがいう。

「続けて、お願い」

「うむ、わかった。だが、これ以上は無理とわしが判断したときは、やめるからね。いいかい」

「はい、承知しました」

しばらく博兵衛は沈思していた。

「わしがおさとを殺したのはまことのことだ」

「だって、あのときあなたは旅に出ていたはずです」

「確かに出ていた。あの晩、わしはこの田代宿に泊まっていたのだ。久留米までは帰ろうと思えば帰れたが、はなからおさとを殺す気でいたから、この宿場を選んだのだよ」

横になったまま、おさちは真剣な顔で耳を傾けている。

「宿をひそかに抜け出たわしは久留米まで夜道を行き、店に忍び込んだ。天井裏を這っていったら、寝所におさちがいて、畳の上にしゃがみ込んで女房の顔をじっと見ていた。さすがに驚いたよ。おさちがなにをしに来たか覚ったわしは、止めるために声をかけようとした。だが、その前におさちが竹串を刺したのだ。横向きに寝ていた女房の盆の窪から血が少し出たが、おさちは手ぬぐいでしっかりと押さえたな。しばらくその場にとどまり、おさとに向かって合掌してから去っていった」

「本当にあの晩、いらしたんですね」

うむ、と博兵衛はうなずいた。

「驚くべき光景を目の当たりにして、わしはどうすべきか悩んだ。そのとき、うーん、とうなっておさとが身じろぎしたことで、まだ死んでいないのを知った。天井を飛び降りたわしはおさとを見下ろした。もともとわしはおさとを毒で殺すつもりでいた。山口行きはその毒の買いつけのためだった。おさとの口をひらき、毒を流し込んだ。おさとは何度も痙攣《けいれん》を繰り返し、今度こそ絶命した」

じっと息を詰めて聞き込んでいたおさちが、ふう、と大きく吐き出した。なにか思い当たったような顔をしている。

「山口というと」

「そう、ふぐの毒だ。ふぐの肝《きも》を干したものを、山口のさる薬種屋が売っているのだ。ふぐは食べることを禁じられている。むろん、薬にできようはずがない。大っぴらにできない薬を、その薬種屋は強精薬の素として金持ち相手に売っている。まむしと同じように焼酎漬けにして、ちびちび飲むためのものだ」

「そのようなものが売られているのですか」

「実をいうと、わしと同業なのだ」

「では、公儀隠密」

うむ、と博兵衛はいった。

「毛利家を監視している。おさち、もう寝るか」

「いえ、もう少しだけ」

「そうか」

おさちが手をかたく握ってきた。

「久留米のお殿さまが蠍に刺されたでしょう。それは誰の仕業かわかっているのですか」

「公儀隠密の仕業だな」

「えっ、仲間なのですか」

「わしの仲間ではない。おさちたちの仲間だ」

「でも、私は仲間なんか一人も知りません」

「おそらく正八郎なら知っていよう。多分、わしの仕事ぶりがおかしいことに江戸の誰かが気づいたのだ。ここ最近、頼房公や有馬家のことについてほとんど知らせていないゆえ。それで腕利きの公儀隠密が久留米に送り込まれてきた。その者は久留米城に忍び込んでわざと蠍を放ち、殿さまの命を狙ったように見せかけたのだ」

悔しげに博兵衛は首を何度か振った。

「頼房さまが蠍に刺されて重篤になられたことは有馬家中のご家老たちは漏れぬように秘したが、わしには相談があった。懇意にしている薬種問屋なのだから、それは当然のことであろう。だが、おさちとのことで頭が一杯だったわしは仕事を怠った。殿さまがどうなろうと、知ったことではなかった。だから、江戸に知らせなかった。そのことで、腕利きの公儀隠密はなにかあると確信するに至ったのだろう。蠍とはずいぶん珍しいと思ったものの、わしはそのような狙いにはまったく気づかなかった。気づいたのは、久留米をあとにしたときだ。もう後戻りはできなかった」

「では、その腕利きの公儀隠密は追ってきているのではありませんか。そういえば、うちの店の前で怪しい人影を見たことがあります。きっとあれがそうだったのでは……」

「そうか、そんなことがあったのか」

静かに息をつき、博兵衛はおさちの額をそっとなでた。

「さあ、もう話は終わりだ。眠りなさい」

「あなた、私、怖い。そばについていてくれますか」

「もちろんだ。ずっと手を握っていよう」

それを聞いて、おさちが安心したように目を閉じた。

二

しゃがみ込んだ。

「若いな」

顎をなでさすって弥永大二郎はつぶやいた。

「ええ、三十にはまだ届いていないでしょう」

中間《ちゅうげん》の磯吉《いそきち》が死骸を見つめていった。

「二十代半ばってところですかね」

「そうだな。体もたくましい。——しかし、すごいな。着物がぼろぼろだ。至るところが切れてやがる。こいつは刃物にやられたんだろうな」

「それに旦那、顔もすごいことになっていますね。頬骨が折れて、顔がへこんでますよ。目もぐしゃぐしゃですし」

「重い物で潰されたんだな」

かたわらに転がっている手鞠ほどの石に目をとめ、大二郎は拾い上げた。案の定、血がべったりついている。

「こいつで殴ったんだな」

別に手がかりとなりそうなものは付着しておらず、大二郎は石をごろんと転がした。

「下手人がその石で殴りつけたのは、力尽きた仏にとどめを刺したということですかね。仏の着物がぼろぼろなのは、こいつでやられたんでしょうか」

死骸のそばに、抜き身の脇差が落ちている。磯吉が屈んで手に取った。刀身には血のしみがいくつかついている。

「これは下手人の得物ですかね。それとも仏のものでしょうか」

「仏のものじゃないか。下手人は自分の得物は持ち去ったんだろう。足がつくとまずいからな」

「だとしたら、この血は下手人のものということになりますね。これだけ血がついているのなら、下手人も無傷というわけにはいきませんよ」

「ああ、その通りだ。町中の医者を当たって、刀傷をいくつも負っている者を捜せば、手間をかけることなく捕縛できるんじゃないか」

「さっそく調べますか」

「ああ、そうしよう」

「この仏はどうしますか」

「町の者に任せよう。とりあえず自身番に置いておくようにいっておく」

「検死はどうしますか」

「そうか。検死医師の調べが終わるまで、死骸は動かしちゃいけない決まりだったな。この町では殺しなんてほとんどないから、忘れていたぜ。町の者に、検死医師も呼んでもらおう」

「検死の結果はあとで聞くということですね」

「そういうことだ。仏の体に細かい傷はたくさんあるが、結局は顔を潰した一撃が命を奪ったのは明らかだからな」

首をひねって大二郎は死骸の顔を見直した。

「この仏の顔は、どこかで見たことがあるような気がする」

「久留米の町の者ですかね」

「そんな気がするな。――おっ」

大二郎は、ささくれだった死骸の指の爪のあいだに白い物が挟まっているのに気づいた。

「こいつはいったいなんだ」

磯吉も興味深げな目を向ける。

「さて、なんですかね」

「どうすれば、こんな白い物が爪のあいだに入り込むんだ」

「わかりましたよ。こいつはうどん粉じゃありませんか」

「となると、こいつはうどん屋か。――あっ」

立ち上がった大二郎は、急いで町の者を手招いた。一礼して三人の男が近寄ってきた。いずれも身なりは悪くない。長老《おとな》のような者たちだから、それも当たり前だろう。

「おい、おまえら、検死医師を呼んでくれ。検死が終わったらこの仏を自身番に運んでおいてくれ」

「承知いたしました」

その声を背中で聞いた大二郎はすでに走り出していた。

三

朝餉を終え、俊介たちはどうすれば似鳥幹之丞を見つけ出せるか、思案した。だが、よい案は浮かばず、いたずらにときが過ぎていった。こうして別邸に引っ込んで考えにふけっているだけでは手をこまねいているような気がし、もったいなくてならなかったが、なんの手がかりもないままに外を出歩くほうが、もっとときを無駄にすることになるのではないか。

一応、昨日のうちに久留米城三の丸を訪ね、吉田玄蕃に会って、芽銘桂真散が似鳥幹之丞に奪われたらしいことを告げた。驚きを顔に刻んだ玄蕃は全力を挙げて似鳥を捜し出すと約束してくれたが、果たしてどの程度、力になってくれるものか。自力で捜し出すしかないのはわかっている。それなのに、これぞという手立てが思い浮かばない。どうすることもできず、別邸に俊介たちは籠もっていた。

そこに来客があった。

「今のはもしや――」

素早く立ち上がった伝兵衛が玄関に向かう。

すぐに戻ってきた。

「良美さまに勝江どのでござる。もう座敷にお通ししました」

「そうか」

うなずいて俊介は座敷に向かった。伝兵衛とおきみがついてくる。

「失礼する」

襖を横に滑らせると、良美の顔が見えた。それだけで俊介の心には温かなものが満ちた。顔を目の当たりにするだけで気持ちがほっこりするなど、良美どのは自分にとってかけがえのない女性なのだな、と俊介はあらためて思った。失いたくない。そんな思いを胸に抱きつつ敷居を越えた。頭を下げ、腰から刀を鞘ごと抜いて良美の向かいに正座した。

「朝早くからお邪魔して申し訳ございません」

朗らかにいって良美が辞儀する。

「とんでもない。また良美どのの顔を見られて、俺は幸せだ」

くすくすと勝江が笑いをこぼす。

「俊介さまには珍しく、思い切ったことをおっしゃいましたね」

「えっ、そうか」

「俊介さま、大概になされないと、おきみちゃんがふくれていますよ」

勝江にいわれて俊介はおきみに目をやった。

「おきみ、そんな顔はよせ。せっかくの器量よしが台無しだ」

「そうじゃぞ、おきみ坊。良美さまとは仲よくなったのではなかったのか」

「良美さんにはなんのうらみもないわ。でも、俊介さんがこれ見よがしに良美さんに笑顔を見せると、胸のあたりがきゅんと焦げたようにうずいてならないの」

「焦げたようか。おきみ坊、そういうのは焼餅というんじゃ」

「男の人も焼餅、焼くんでしょ。たとえば、良美さんがほかの人に嫁ぐとなったら、俊介さんだって心穏やかでいられないでしょう」

「それはそうかもしれぬ」

否定することなく俊介は深くうなずいた。

「あら、あっさり認めちゃったね」

ところで、と、この話題を打ち切るように良美がいった。

「俊介さま、芽銘桂真散は届きましたか」

「それが……」

眉根を寄せて俊介はむずかしい顔になった。

「奪われたのだ」

「えっ、どういうことです」

良美だけでなく、勝江もびっくりしている。

「実はこういうことがあったのだ」

少し息を入れてから俊介は語りはじめた。

聞き終えた良美が声を上げ、眉を曇らせる。悲しげな顔になった。

「そう、飛脚が斬られたのですか」

「まちがいなく似鳥幹之丞の仕業だ」

「似鳥ですか。うー、あの男、喉笛を食いちぎってやりたい」

目を怒らせて勝江が吠《ほ》える。

正直、俊介も同じ気持ちだ。あの男を一刀のもとに斬り殺すことができたら、どんなにすっとするだろう。人殺しが爽快に思える日がくるなど思いもしなかったが、似鳥幹之丞という男は、人にそういう気持ちを抱かせる男なのだ。

「それで、俊介さまはどうしようと考えてらっしゃるのですか」

良美にきかれ、俊介は答えに窮した。これぞという案はまだ得られていないのだ。

そのことを正直に告げた。

「確かに似鳥幹之丞の居場所をつかむことは相当むずかしいでしょうね」

「良美どのに、よい知恵はないか」

「居場所や行方を捜すことに関してはまったくありません。ただ、引っかかるのはなにゆえ似鳥は芽銘桂真散を奪ったのか、ということです」

「嫌がらせではござらぬか」

身を乗り出して伝兵衛がいう。

「あの男はそういう輩《やから》でござる」

「しかし、ただの嫌がらせで飛脚まで手にかけるでしょうか」

軽く首を振って良美が疑問を呈する。

「いわれてみれば、良美さまのおっしゃる通りでござるな。嫌がらせでそこまでできたら、もはや人ではない。いや、やつはもう人をやめたみたいなものじゃが」

「もしや人質みたいなものか」

思いついて俊介がいうと、良美が大きくうなずいた。

「似鳥幹之丞は俊介さまのお命を狙っているのでしょう。芽銘桂真散を餌に、俊介さまをおびき出そうというのかもしれません」

「俊介さん、もし似鳥に来いっていわれても、行っちゃあ駄目よ」

静かにかぶりを振って俊介はおきみを見つめた。

「もしそのような誘いがあれば、この上ない機会ではないか。済まぬが、おきみ、俺は行くぞ」

「そんな。芽銘桂真散と命を引き替えにすることはないよ」

ふふ、と俊介は余裕の笑みを見せた。

「おきみ、それではまるで俺の負けが決まっているようではないか」

「だって似鳥って、良美さんの家の剣術指南役に決まっていたほどの腕前なんでしょ。二十一万石のお大名の指南役だよ。俊介さんじゃかなわない」

「さて、どうかな。勝負は時の運だ。やってみなければわからぬ。それにおきみ、俺には真田の守り神がついている。やられはせぬ」

「いくら守り神の後ろ盾《だて》があるからっていって、それに甘えちゃ駄目でしょ。俊介さんは前に、勝つための支度をしてから、戦に臨まねばならぬっていっていたでしょ。そうすれば負けることはないって。だから、そういうふうに持っていいかなきゃ駄目なのよ」

むっ、と俊介は詰まった。まさにおきみのいう通りだ。

「だが、虎穴《こけつ》に入らずんば虎児を得ずということわざもある」

「君子危うきに近寄らず、というのもあるよ」

「だがおきみ、男たる者、行かねばならぬときがあるのだ」

「それはわかるけど」

「わしも俊介どのについてゆくゆえ、おきみ坊、大丈夫じゃ」

心配そうな目で良美が俊介を見る。

「似鳥と戦うことになるのかもしれぬのですね。私も一緒に行けたらどんなによいか」

「それは駄目だ。危うすぎる」

「それよりも俊介さま、今おなかは空いていませんか」

張り詰めていた空気が、勝江のこの言葉で少しゆるんだ。確かに腹は空いている。もうじき昼だろう。

「勝江、こんなときになんです」

唇をとがらせて良美が叱る。

「だって良美さま、腹が減っては軍《いくさ》はできぬ、というじゃありませんか」

「どうせあなたの場合は、江津屋のうどんが食べたいだけでしょう」

「はい、そうですけど」

「こんなときだけど、あそこのうどん、あたしも食べたい」

おきみがねだるようにいう。

「わしもですじゃ」

そうか、と俊介は皆を見渡していった。

「俺も食べたいな」

「良美さまはいらぬのですか」

勝江にきかれて、良美は首を横に振った。

「そんなことはありません」

「ならば、皆で行くか」

「うれしい」

おきみが小躍りする。

「またあそこのうどんを食べられるなんて、夢みたい」

「おきみちゃんがそこまで喜んでくれるなんて、私もうれしいわ」

「江津屋さんみたいな店が、江戸にあればいいのに。——あれ」

「どうした、おきみ」

かわいく首をかしげているおきみに、俊介はたずねた。

「ううん、たいしたことじゃないわ。江津屋さんて、なんとなく江戸に名が似ているなあって思っただけよ」

「確かにそうだな。まさか元は江戸の出ということはなかろうな」

「おじさんもおばさんも、私が小さな頃からうどん屋を営んでますから。確か、おじいちゃん、おばあちゃんもいましたよ」

「それならば、ちがうか」

とにかく俊介たちは町へ繰り出し、江津屋を目指した。

「あら」

まだ江津屋まで二町近くはあるところで、勝江が頓狂《とんきょう》な声を上げた。

「においがしない」

「うどんのにおいだな」

すぐさま俊介は確かめた。

「はい。やっていないのかしら」

「休みだとつらいですなあ。もううどんの腹になっていますからな」

江津屋の入口になっている路地を入る前に、勝江ががくりと肩を落とした。

「やっていません。においが全然しません」

とりあえず店の前へと行ってみた。勝江のいう通り、江津屋は閉まっていた。

店の前に、うどんを食べに来たらしい若い三人組がいて、戸を叩いたり、戸の隙間から中をのぞいたりしていた。

「また今日も休みかよ」

「どうしたんだろう」

「これで三日続きじゃないか」

「あの、そんなに休んでいるのですか」

前に出た勝江がおずおずといった。

「うん、そうなんだよ」

「おかしいんだよ。なにかあったのかなあ」

「でも張り紙もないし、いつはじまるのかもわからない。明日も休みかな」

しょんぼりとして勝江が俊介たちのもとに戻ってきた。

「今日は食べられそうにありません」

「ほかのうどん屋はどうなんじゃ」

「おいしいところはもちろんありますけど、江津屋さんのに比べると……」

「そうか。ならば、別の物を食すとするか」

「久留米の名物というと、なんなの」

おきみにきかれて、勝江が考え込む。

「食べ物でいうと、鰻《うなぎ》かしら」

「鰻か」

弾んだ声を出し、伝兵衛がにんまりとする。

「それはよいではないか。精がつく」

「鰻か。おいしいけど、ここのうどん、食べたかったなあ」

「おきみ坊、ない物ねだりをしてもしようがないぞ」

「それはわかっているんだけど」

「勝江、おいしいうなぎ屋を知っているの」

「はい、良美さま。一軒、心当たりがあります。ただ、昔のことなので、その店があるかどうか、わかりません。当時すでにおじいさん、おばあさんが営んでいて、跡取りがなかったものですから」

「とりあえずそこに行こうではないか」

皆を見渡して俊介はいった。

「勝江、近いのか」

「ここからなら二町も離れていません」

「ならば行こう」

ぞろぞろと俊介たちが連れ立って歩きはじめたとき、路地を入ってきた者があった。

「あっ」

その者が声を発し、俊介たちに足早に近づいてきた。

「おう、弥永どのではないか」

「俊介どの」

中間をしたがえた大二郎が一礼する。そうすると、町奉行所の同心らしく見えた。

「どうした、血相を変えて」

「俊介どのらは江津屋にいらしたのか」

「そうだ。だが休みだ」

「知っておりもうす。午前に一度来たのでござるが、誰もおらなんだ」

「なにかあったのですか」

気がかりをあらわに勝江がきく。

「実は、この近くの原っぱで殺しがあった」

「えっ。殺されたのは誰です」

悲鳴のような声で勝江が問うた。

「それが顔を潰されておってな、誰かまだわからぬのだ」

「それなのに、どうしてお役人は二度もここにいらしたんですか」

「あるじの正八郎に似ているな、と思ったのでな。手の指のあいだに白いものがはさまってもいるし」

　目を勝江に据《す》え、大二郎がじっと見る。

「おぬし、勝江どのか」

「えっ」

「唐津物の内匠屋《たくみや》の娘だろう。江戸屋敷に奉公に行ったと聞いたが、帰ってきたのか」

「は、はい。すぐに江戸には戻りますが」

「正八郎のことは詳しいか」

「詳しいとはいえませんが、幼なじみのようなものです」

「足労だが、仏を確かめてもらえぬか」

「私がですか」

「ほかに頼める者がいない。正八郎には妹がいるはずだが、それも行方がつかめぬ。どうだ、頼めるか」

「はい、わかりました」

　三町ほど離れた町の自身番に俊介たちはやってきた。

「ここだ。——入るぜ」

中に声をかけてからりと障子戸をあけ、大二郎が土間に足を踏み入れた。俊介たちも続いた。

「ああ、弥永さま」

書役《かきやく》らしい男が立ち上がり、辞儀する。

「一人か」

「はい」

「仏を見せてもらうぞ」

土間の端に筵《むしろ》の盛り上がりがある。しゃがみ込んだ大二郎が、筵の端をつかんだ。めくり上げようとして、とどまる。

「ああ、その女の子には見せぬほうがよい。そちらの若い娘さんも出ていたほうがよいな」

「私なら大丈夫です」

胸を張って良美がいう。

「おきみ坊、外にいような」

「うん、わかったわ」

素直にうなずき、おきみが伝兵衛と一緒に出ていった。

「よし、めくるぞ」

自らに気合を入れるようにいって、大二郎が筵を持ち上げた。

潰れた男の顔が出てきた。うっ、と勝江がうめく。良美が目をそむけかけたが、なんとかこらえた。

俊介は死骸の体に目を据えた。

「ああ、ひどいものでござる」

「傷だらけだな」

「刀傷だな」

「そのようでござる」

「ずいぶんやり合ったものだ。手や腕まで傷がついている」

しゃがんだ足を組み替えて、大二郎が勝江を見上げる。

「どうかな、正八郎か」

おびえたように勝江がぶるぶると首を振る。

「わかりません」

「申し訳ないが、しっかり見てくれ」

「は、はい」

おぼつかない足取りで勝江が前に出る。深く息をついてから、かがみ込んだ。

いきなり、勝江の目からじわっと涙が出てきた。

「正八郎なのか」

大二郎にきかれたが、勝江は泣くばかりで答えない。それどころか、泣き声はさらに高くなってゆく。近づいた良美が勝江の肩を抱くようにして、背中をさすりはじめた。

それを見て、大二郎は勝江が泣き止《や》むのを待つことにしたようだ。そっと立ち上がり、少し距離を置いた。

だがこの様子では、と俊介は思った。もはや正八郎と見てまちがいなさそうだ。この前、元気な顔を見たばかりなのに、こんな変わり果てた姿になるとは、人の運命というのはわからないものだ。

やがて勝江の泣き声が静かなものになり、嗚咽《おえつ》に変わった。それも静かに消えていった。

「落ち着いたか」

　再びしゃがみ、大二郎が勝江にたずねる。

「この仏は正八郎なのか」

「は、はい」

「まちがいないか」

「まちがいありません」

　つらそうに勝江が答える。認めたくないが、認めざるを得ないのだ。

「なにか正八郎であるという目印のようなものがあるのか」

「傷跡が」

「傷跡だって。傷だらけでどれが古い傷跡なのか、俺たちには正直わからぬ」

「こめかみのところです」

　いわれて大二郎がじっと見る。

「小さな傷があるのがわかりますか」

「うん――ああ、見える。二分《にぶ》ほどの長さの傷か」

「さようです。その傷は私がつけたものなのです。小さな頃、剣術ごっこをしていて、私の棒きれが折れたのです。その折れた先が飛んで、近くでほかの男の子と打ち合っていた正八郎さんのこめかみに刺さったのです」

「そうか、そのときの傷跡か。勝江どの、済まなかったな。助かった」

軽く勝江の肩を叩いて、大二郎が立ち上がった。

「気を落とすな、といっても無理だな。幼なじみの死はこたえる」

大二郎にも似たことがあったのかもしれない。小さな頃から知り合いの同僚が死んだというようなことがあったか。

「なにゆえ正八郎は殺された」

俊介は大二郎にたずねた。

「それがわからぬのでござる」

「正八郎という男は、何者だ」

「うどん屋でござろう」

「ただのうどん屋がこれほどの傷を負わせられるものなのか。相手にも相当の傷を与えたのではないか」

「おそらくそうではないかと」

「こんなことがあった」

目の前に記憶にある光景をたぐり寄せて、俊介は語った。

「勝江に江津屋に連れていってもらったときだ。勝江は異様に鼻がきく。その上、耳も抜群によい。それなのに、後ろから正八郎が近づいていったとき、その足音を勝江は聞き取れなかったのだ。正八郎はなにか常人とは異なる歩き方をしていたのではないか」

「常人と異なる歩き方……」

「そうだ。たとえば忍びのようなものだ」

「忍び……。正八郎が忍びだったとおっしゃるのですか」

「正八郎は脇差を得物にしていなかったか」

「はい、さようです。死骸のそばに落ちていました」

「それと前にこんなことがあった。あれは俺たちが飯塚宿に泊まったときだ。旅籠の中で、佐助という男が忍びのような者と刃を交えていた。いま思い返すと、あのとき佐助と戦っていたのはこの正八郎のように思える。体つきがそっくりだ」

「では、正八郎を殺したのは、その佐助という男でござろうか」

「まちがいないと思う」

「それでその佐助という男は、今どこにいるのでござるか」

「それは俺たちも知らぬ。一度、小牟田屋の別邸の焼け跡で顔を見たのが最後だ」

「佐助という男はどうしてそんなところにいたのでしょう」

「それもわからぬ。なにか博兵衛の死に気になったことがあるのではないのか」

解せぬなといいたげな顔で、大二郎が首をひねる。

「小牟田屋を一応、当たってみるか。――では俊介どの、それがしはこれにて失礼します」

「弥永どの」

中間とともに自身番を出ていこうとする大二郎を俊介は呼び止めた。

「なんでござろう」

「ここ最近、行方知れずになった者はおらぬか」

「行方知れずでござるか」

　ほとんど考えることなく、大二郎が答える。

「はい、一人おります。しかし、どうして俊介どのがご存じで。それがし、話しましたかな」

「いや、聞いておらぬ。いなくなったのは男だな」

「はい、さようでござる」

「どんな男だ」

「つまらぬ男ですよ。歳は四十過ぎ、これまで盗みで二度も捕まっています。大の酒好きで、酒のためなら盗みでもなんでもするのですよ。もともと腕のよい錠前師なんですけどね。ふつうに錠前師としての仕事をしていれば、まずまずの暮らしを送れるはずなんですけど、それがどうしてかできぬのですな」

「名は」

「合助《ごうすけ》といいます」

「いつからいなくなった」

「女房から捜してくれるように依頼されたのが、十日ばかり前ですかね。合助のことなど見捨てることもできるのですが、その女房には世話になっているのですよ。着物の洗い張りをいつもしてもらっているのですが、腕がひじょうにいいもので、とても断れることなどできぬのでござる」

ふーむ、とうなって俊介は腕組みをした。

「もし焼け跡から出てきた死骸が合助だとしたら」

「ええっ。俊介さま、なにをおっしゃっているのですか」

「考えられぬことはなかろう。佐助が焼け跡を嗅ぎ回っていた理由はこれしかないのではないか」

「な、なるほど」

ごくりと唾を飲み、大二郎が絶句する。

「つ、つまりそれは身代わりを立てたということにござるな。小牟田屋はどうしてそのような真似をしたのでござろう」

「小牟田屋を捕らえればわかる」

俊介がいうと、畏れ入ったように大二郎が小腰をかがめた。

「は、はい。おっしゃる通りにございます」

畏敬の念を顔に刻んで俊介を見つめる。

腕組みを解き、俊介は顔を上げた。身代わりまで立てて、博兵衛はなにをしようというのだろう。

四

「本当に大丈夫か」

青い顔をしているおさちに、博兵衛は確かめた。

「はい、へっちゃらです」

窓から眺めた空は厚い雲が覆い尽くし、今にも雨が降り出しそうだ。蒸し暑い大気がどんよりと漂っている。

「歩けるのか。無理しているんじゃないだろうな」

にこにことおさちが笑う。

「無理なんかしていません」

「それならよいのだが」

腹に力を入れ、博兵衛は立ち上がった。

「ならば出立するか」

「はい」

博兵衛とおさちは連れ立って階段を降りた。帳場で勘定を済ませる。

「お発《た》ちでございますか」

奥からこの宿のあるじが出てきた。

「お世話になりました」

「もうお加減はよろしいので」

あるじがおさちにきく。

「おかげさまでだいぶよくなりました」

「それはようございました。道中、お気をつけてくださいね。また是非ともお寄りください」

「はい、ありがとうございます」

博兵衛たちは旅籠の外に出た。長崎街道が目の前を通っている。この先に追分《おいわけ》があり、そこから博多のほうに道が通じている。

「ありがとうございました」

後ろから旅籠の者の声がかかる。博兵衛とおさちは振り向いて、あらためて礼を返した。

「あの、あなたさまは小牟田屋さんではありませんか」

番頭らしい者が不意にいった。

「えっ」

驚いたが、博兵衛はなんとか素知らぬ顔を装った。

「いいえ、ちがいます。その小牟田屋さんというのはどなたですか」

「久留米の薬種問屋のご主人です。以前、評判の風邪薬を買いに行ったとき、とても親切にしていただいたものですから。お顔だけでなく声もよく似ていらっしゃるなあと思ったのですが、他人の空似でございますね。考えてみれば、宿帳のお名もちがいました」

「はい、手前は川崎屋という呉服屋のあるじをつとめております」

「川崎屋さん、もし久留米に行かれることがあれば、小牟田屋さんに寄られたらよろしいかと思います。双子のようなお方にお目にかかれますよ」

「それは楽しみだ」

冷や汗が流れたが、博兵衛はなんとか笑顔をつくった。まさか顔を知っている者に出会うとは。それが小牟田屋の客とは夢にも思わなかった。これはまずい兆候ではないか。いや、つまらぬことは考えるな。

長崎街道を歩き出す。いったん街道に出た以上、できるだけ急ぎたいが、おさちのことを考えると無理はできない。

「駕籠を頼むか」

「いえ、けっこうです」

「しかし」

「私、あなたと一緒に歩きたいのです。お願いします」

「そ、そうか。わかった」

二人は無言で歩き続けた。

「ああ、楽しい」

いきなりおさちがいった。

「おさち、楽しいのか」

「はい、あなたと一緒にこうして旅ができています。夢がかないました。自由ってこういう感じなのかって心から思います」

「おさち」

込み上がってきたものを抑え、博兵衛はいった。

「幸せになろうな」

「はい、必ず」

おさちがそばにいる。どんな困難もきっと乗り越えられる。

ただ、追っ手が気になる。

誰が来るのか。

正八郎ということも考えられる。あの男は妹の裏切りを許さないだろう。

もし正八郎に追いつかれたらどうするか。

戦うしかない。

だが、果たして殺《や》れるのか。おさちの兄だ。

いや、もし正八郎に追いつかれたら、殺られるのはこちらだ。あまりに腕がちがう。こちらは歳だ。相手にできるのは、せいぜいちんけな盗人くらいのものだろう。

とにかく、と博兵衛は腹を決めた。今はひたすら足を前に運ぶことだ。それ以外にできることはない。

どこへ行ったのか。

目を街道に走らせつつ、佐助は駆け続けた。正八郎との戦いで負った傷がうずく。

どこにもいない。

おかしい。

あの火事の晩、博兵衛とおさちは久留米を出たはずだ。別邸に火をつけたのは博兵衛だからだ。

おさちという女も公儀隠密とはいえ、ろくに仕事をしていなかったのはわかっている。主に仕事をこなしていたのは正八郎だ。おさちは監視先の男に惚れたのだ。それで手に手を取って逃げ出した。

そう遠くまで行っていないと思うのだが、二人の姿は見えない。どこを目指したのか。

北だろう。逃げ出す者はたいてい北を目指すのだ。だから佐助は太宰府、博多方面を捜している。

二人は見つからない。

しくじったか。やつらは日田街道を東へ向かったのか。それとも薩摩《さつま》街道を南にくだったか。

久留米の周辺は要衝で、道が複雑に入り組んでいる。どの道を選んだのか、決め手になるのは勘しかない。もしやその勘が外れたかもしれない。傷が痛んでいるせいで集中できないのだ。

焦燥の炎が体を包む。

いや、あきらめるものか。

必ず見つけてやる。体の痛みなど気合で消してやる。

いま佐助が走っているのは、山家宿を少し過ぎたところだ。博兵衛とおさちの二人は長崎街道を冷水峠のほうへ向かったのではないかと考えたのである。冷水峠の難所がすでに見えている。

「ちがうな」

声に出して佐助はいった。

「女連れで、あんな峠を越えるはずがない」

くるりときびすを返し、長崎街道を逆に走りはじめた。またも痛みが走る。

必ずとっ捕まえてやる。

街道をくだり、原田《はるだ》宿に出た。博兵衛たちらしい二人連れの姿はない。

この宿場には、はらふと餅という名物があるという。これまで何度も筑前、筑後は訪れたが、佐助は一度も食べたことはない。腹が一杯になるという意味で、はらふと餅というらしい。腹が減っており、佐助は食べたかったが、今は寸暇《すんか》も惜しい。それに食べ物は傷に障りそうだ。はらふと餅の幟《のぼり》を無視して、さらに南にくだった。

対馬宗家の飛び地になっている田代宿に入った。

目を走らせて捜してみたが、ここにもそれらしい二人連れは見えない。二人連れの男女の姿はいくらでもあるが、博兵衛たちではない。

くそう、どこだ。やつらはどこに消えた。

腹の底から叫びたい。

だが、そんなことをしたところでなんの意味もない。

街道沿いに大きな神社があった。通り過ぎようとした佐助は思い直して足を止めた。急がば回れだ。石造りの立派な鳥居をくぐる。

性に合わないが、苦しいときの神頼みというやつだ。今はそれしかない。御利《ごり》益《やく》がありそうな古い神社である。

敷石を踏んで拝殿の前に出る。懐を探って財布を取り出し、中から一朱銀《いっしゅぎん》を手にした。

「頼むぜ」

目をつむって一朱銀を握り締め、佐助は賽銭《さいせん》箱に放り投げた。一朱は大金だが、このくらい、博兵衛を捕まえられればなんでもない。

合掌してから体をひるがえし、佐助は再び長崎街道に出た。

久留米と佐賀の追分石の前に来た。道を佐賀のほうに取ろうとしたとき、横合いから厳しさを宿した声が聞こえた。

「高之助《たかのすけ》、あんなことをお客さまにいっては失礼だぞ」

見ると、宿のあるじなのか、年寄りが番頭らしい小柄な男を叱《しか》っていた。

「あんなことをいわれて、ご当人は戸惑っていらしたではないか」

あの番頭、なにかへまをしでかしたらしいな。間抜けた面《つら》をしてやがるぜ。

自分には関係のないことで、かまわずに佐助は佐賀のほうに走り出そうとした。

「でも本当に似ていたんですよ。本人といっていいほどだったんです。あれが小牟田屋さんじゃないなんて、信じられないですよ」

「世の中には、自分に似ている人が七人いるというからね。次からは気を——」

あるじを両手で押しのけ、佐助はすっくと番頭の前に立った。

「今の話は本当か」

さっそく御利益があったことに、正直、佐助は驚いている。一朱という大金を弾んだ甲斐があったというものだ。

「えっ、なんのことですか」

面食らった番頭が問い返す。

「小牟田屋にそっくりな男の話だ」

「えっ、あなたさまはどなたですか」

「そんなことはどうでもいい。早く答えろ」

ずいと一歩前に出て、佐助は番頭をにらみつけた。目を据えると、凶悪な顔になるのは知っている。人を脅すときには便利だ。

「は、はい、本当です。うり二つといっていいと思います」

「女連れか」

「はい」

「どこへ向かった」

「高之助、それ以上お客さまのことはいってはならん」

横からあるじが怒鳴るようにいう。

「うるさい。年寄りが死にたいのか」

ひっ、と喉を鳴らしてあるじが後ろに下がった。

番頭に向き直った佐助はぐっと顔を近づけた。

「早く言え」

窮した番頭が必死の顔であるじを見る。あるじが、ここは仕方ないといわんばかりにうなずく。

「お二人は博多のほうへ行かれました」

「ついこの先ほどです」

「いつのことだ」

ならば、もう急ぐことはない。やつらはすぐ近くにいるのだ。博多のほうへ向かったのなら、かち合わないはずがなかったが、長崎街道沿いのどこにもやつらの姿はなかった。どこかで見落としたのだ。もしかすると、茶店に入っていたのかもしれない。おそらく、そういうことだろう。

息を入れ、佐助は手の甲で首筋の汗をぬぐった。

「ここに泊まっていたのか」

旅籠を見上げ、佐助はつぶやいた。

「三日のあいだ、お泊まりでした」

「どうして三日もいた」

「はい、若いお内儀の具合が悪かったようでございます」

「おさちがな……」

ふむ、と佐助は考え込んだ。もしかすると、身ごもっているのかもしれんな。

ふふ、と笑いを漏らして佐助は番頭に目をやった。

「水をくれ」

傷のせいか、このところひどく喉が渇く。

「はい、ただいま」

弾かれたように番頭が駆け出し、宿の中に消えた。


田代宿からたいして行かないうちに、おさちが腹を押さえた。どうした、ときくと、おなかが痛いという。近くに茶店があったので、すぐに入り、縁台で休ませた。おさちが厠《かわや》に行きたいというので、博兵衛はついていった。

厠に行ったらなんとなく落ち着いたようで、おさちの顔色もまずまずよくなっていた。

「歩けるか」

きくと、おさちが笑顔で答えた。

「もちろんですよ」

茶店に代を払い、博兵衛たちは再び歩き出した。

しばらく進んだところで、なんとなく背後に気配を覚え、博兵衛は振り返った。

誰もいない。

だが、何者かが追いすがってきているような気がしてならない。こういうときは、素直に勘にしたがったほうがいい。

どこかないか。

一町ほど先に、神社らしい杜がある。ひとまずあそこに身を隠そう。おさちの手を引いて博兵衛は歩き、長年の風雪に耐えてやせ細ったように見える木の鳥居をくぐった。

灌木《かんぼく》の茂みに身をひそめ、長崎街道をうかがう。距離は十間ほど。あまり見つめすぎないほうがいい、と自らにいい聞かせた。勘のよい者ならば、必ず覚ろう。

「いったいどうしたのです」

小さな声でおさちがきく。

「追っ手が迫っているように感じた」

ぎくりとおさちが身を震わせる。博兵衛にすがりついてきた。

「大丈夫だ。わしがついている」

信頼という思いを深く宿した瞳で、おさちが見上げる。

はっとし、博兵衛は長崎街道に顔を向けた。おさちも見る。

旅人の数はさほど多くないが、途切れることはない。その中で明らかに異彩を放っている男がいた。なにしろ身軽で、敏捷《びんしょう》そうなのだ。軽々と道を駆けている。

――やつだ、まちがいない。

見たことのない顔だ。あの男はきっと江戸から派遣されたのだ。

「あの人……」

おさちが低くつぶやいた。

「見たことがあります。この前、店に来てうどんをすっていました」

「そうか」

一瞬、男がこちらを向き、厳しい目を投げてきた。博兵衛はどきりとし、身を引きかけた。来るか、と思ったが、立ち止まることなく男は長崎街道を走り続け、その姿はあっという間に見えなくなった。

ほっと息が抜ける。安堵が全身を包んだ。勘にしたがっておいてよかった。

「どうします」

目を上げ、おさちがきいてきた。

「さて、どうするか。あの男がうろついているのでは、博多を目指すのはまずいかもしれない。長崎街道を戻り、日田のほうへ行くか」

長崎街道を冷水峠のほうへ行く気はない。やはり、あの峠は難所だ。身重のおさちには、相当の負担を強《し》いることになろう。下手をすれば、流産も考えに入れなければならない。

あの男が戻ってくる気配は感じられない。

「よし、行くか」

おさちに声をかけ、博兵衛は立ち上がった。

「どこへ行く」

いきなり後ろから低い声が聞こえた。さっと振り向くと、先ほどの男が立っていた。

「ずいぶん捜したぜ」

「どうしてわかった……」

「なにをいっているんだ。おまえら、そこから二人で俺のことを見ていただろう。

どんな馬鹿だろうと、そこに人がひそんでいるのはわかるぜ。二人そろえば、目の力は倍じゃ済まなくなるからな」

きゅっと博兵衛は唇を嚙んだ。

「小牟田屋、おまえ、為替手形を持っているな。そいつをよこせ」

「やれば、見逃してくれるのか」

「見逃せるものか。楽に死なせてやるだけのことだ」

「ならばやらん」

「苦しんであの世に逝《い》くことになるぞ」

「やってみろ」

「腕がちがいすぎるのに、愚かな男だ」

「後ろに下がっていなさい」

おさちにいって博兵衛は道中差を引き抜き、腰を落とした。

舌なめずりするような顔で、男が脇差をすらりと抜いた。

「あんた、名はなんという」

息を吸い込んで、博兵衛はきいた。

「俺か。冥土の土産に教えてやろう。佐助よ」

いかにもそれらしい名だ、と博兵衛は思った。

「行くぜ」

だんと土を蹴り、佐助と名乗った男が猛然と突っ込んでくる。

道中差を振り上げた博兵衛は、佐助が間合に入るや一気に振り下ろした。渾身《こんしん》の力を込めた斬撃で、道中差は佐助を両断した。そのはずだったが、あっさりと空を切っていた。

下から脇差が振り上げられていた。よけようとしたが、脇腹に痛みを感じた。返す刀で佐助は袈裟懸《けさが》けを見舞ってきた。後ろに下がってかわそうとしたが、脇差が刀のように伸びて、博兵衛の左肩を割った。骨を断たれたような衝撃があり、博兵衛はがくりと両膝をついた。

「ううっ」

後ろでおさちのうめき声が聞こえた。

「どうした」

おさちを振り向いた瞬間、今度は胸を斬られた。血がしぶきとなって噴き出る。

「おさち」

地面に横たわったおさちは、体を折り曲げて苦しんでいる。激しく痙攣《けいれん》していた。

「おさち、どうした」

「い、痛い」

どうしていいのかわからず、博兵衛は子供のようにわんわん泣きたかった。急に女房のおさとの顔が目の前にあらわれた。どうしたの、というように博兵衛を見ている。

おさとはとにかく厳しかった。久留米のふつうの商家から嫁いできたから、亭主が草であることなどまったく知らなかった。いつもきつい言葉を投げられ、博兵衛は辟易《へきえき》していた。

だが、おさとはおさとで、甘い亭主を鍛え上げようとしていたのではあるまいか。心根は優しい女だったのかもしれない。それがわかる前に殺してしまった。わしは取り返しのつかないことをしてしまったのか。

「おい、小牟田屋」

呼びかける声に、博兵衛は振り返った。

「たわいないな」

目の前に立ちはだかった佐助が、博兵衛をこけにしたような笑いを見せる。

「為替手形をよこせ。よこせば、今からでも楽に死なせてやる」

「冗談じゃない」

ふっ、と佐助があきれたように笑った。

「強情よな。ならば死ね」

脇差をまっすぐ突き出してきた。

よけられない。覚悟を決めた博兵衛は目を閉じた。

びしっ、と音がし、くっ、と佐助が歯を嚙み締めた。脇差は引かれていた。博兵衛の目の前に石が転がってきた。誰かが佐助の手に石をぶつけたようだ。

「誰だ」

さっと左側を見た佐助が誰何《すいか》する。影がゆっくりと近づいてくる。

「そこまでにしておけ。それ以上やると、本当に死んでしまうぞ」

「はなから殺す気だ」

「ならば邪魔させてもらう」

そう宣したのは長身の男だ。かすむ目を細めて、博兵衛は見つめた。旅姿をしているが、この男もずいぶん身軽に見える。佐助以上に遣えるように感じた。まさかこの男も公儀隠密ではないだろうか。

長身の男も道中差を手にしている。あれは、と博兵衛は思った。わしの得物ではないか。いつの間にか取り落としていた。それをあの男が拾い上げたということか。

構えは実に決まっている。まちがいなく遣えそうだ。佐助は明らかに気圧《けお》されている。それでも無言の気合をかけ、突進していった。

長身の男がひらりと宙を飛ぶ。信じられないほど高く飛んだ。あっさりと佐助の背後に着地した。

身をひるがえすや、佐助が長身の男に向かって突っ込んでゆく。長身の男がまたも宙を飛ぶ。それを待っていたらしく、佐助が脇差を投げつけた。長身の男の胸に当たると見えたとき、すっと体が魚のように動いた。佐助の脇差は長身の男の背後に抜けていった。長身の男が着地するや、丸腰になった佐助へ一気に近づき、脇差を振り下ろした。

一撃目はよけたが、体勢を崩した佐助は二撃目をかわしきれなかった。うっ、とうなって左肩を押さえる。指と指のあいだから血がにじみ出てきた。

長身の男がさらに踏み込もうとする。じりと一歩下がった佐助が身をひるがえした。肩を押さえつつ走っている。境内の外に出るや一度振り返り、長身の男が追ってこないことを確かめた。足を止め、憎々しげに長身の男を見つめる。ぎりぎりと歯を嚙み締めていた。

覚えていろっ。叫んだかのような念が博兵衛に届いた。それに押されたように体が傾いた。支えようもなく、博兵衛は地面に横倒しになった。

「大丈夫か」

長身の男が発したらしい渋い声が聞こえたが、もはやそちらを見る気力はなかった。体に力がまったく入らない。

「おい、しっかりしろ」

またもやおさとの顔が脳裏に浮かんだ。

いや、これはもうあの世なのか。おさとと再会しているのだろうか。

おさとはほほえんでいる。

このわしを許してくれるのか。

不意におさとの顔が夜叉《やしゃ》に変わった。

そんなわけないでしょ。

鋭い声が胸に突き刺さる。

それを最後に、博兵衛の意識の石は、暗黒の坂を真っ逆さまに転げ落ちていった。


――死んだか。

無念そうにあけている男の両目を、弥八《やはち》はそっと閉じた。そうすると、まるで眠っているかのような顔になった。

うめくような声が聞こえ、弥八は苦しんでいる女のほうを見た。

「大丈夫か。いま医者に連れていってやる」

「い、いいのです。もう助かりません。やや子を流してしまいました」

見ると、着物の太もものあたりにべったりと血がついている。

「血を止めないと」

「いえ、本当によいのです。こ、このまま、し、死なせてください。て、亭主は
も、もう逝ってしまったのでしょう」

「うむ」

ほかに答えようがなく、弥八はうなずくしかなかった。

「お、お願いがあります」

「なんだ」

「亭主と、一緒に、葬ってください」

「どこに葬る」

「ここに」

いわれて弥八は見回した。無住の小さな神社だ。

「ここでいいのか」

「はい、わ、私たちの、最期の場所ですから」

「わかった」

「よろしくお願いします」

最後は一気にいった。そのときにはもう女は息絶えていた。死んでしまったか。

約束は守らねばならない。

掘るものがほしいな、と弥八は思った。鋤《すき》と鍬《くわ》があればいい。近在の百姓衆に頼めば、気安く貸してくれるのではないか。ちと面倒なことになったが、最期の頼みをむげに断ることはできない。約束した以上、最後までやらなければならない。

一刻も早く久留米にいるはずの俊介たちに会いたかったが、それはこの二人を土に埋めてからだ。

あの野郎も忍びだ、と駆けつつ佐助は思った。博兵衛の仲間だろう。あそこで待ち合わせていたのか。

とにかくあの男を殺さねばならない。博兵衛はもう助かるまい。ということは、為替手形はあの背の高い男が受け取ったのだろう。

奪い返さなければならない。

五

蒸し暑い。

なんとなく落ち着かない夜だ。

つなぎがくるのではないか。俊介にはそんな予感がある。

じたばたせず、もう待つことに決めた。どう考えても、似鳥幹之丞が芽銘桂真散を奪ったのは、人質の意味しか考えられない。

待つのはつらい。だが、耐えねばならぬ。

すでにおきみは眠っている。俊介たちのそばに布団を敷き、健やかな寝息を立てている。

伝兵衛は起きて、目をぎらぎらさせている。気分が高揚しているようだ。

「もう九つに近いのではござらぬか。幹之丞からつなぎはございませぬな」

「うむ、今日はないのかな。明日かもしれぬ」

「焦《じ》れますな」

「まったくだ。だが、ここは泰然と待つしかなかろう」

「はい、それでこそ俊介どのにござる」

尿意を覚え、俊介は立ち上がった。

「どうしました」

「厠だ」

「でしたら、それがしも」

「いや、伝兵衛はここにいてくれ。おきみが目を覚ましたとき、誰もおらぬのでは、心細がろう」

「ああ、さようでございますな。しかし俊介どの、早く戻ってきてくだされ」

「わかっている。伝兵衛が漏らさぬうちに戻ってこよう」

「その言葉は年寄りにはあまりしゃれになりませぬぞ」

部屋を出た俊介は廊下を歩き出した。

母屋の端にある厠に入る。用を足し、手水場《ちょうずば》で手を洗った。むっ。手水場横の平たい石の上に紙包みが置かれているのに気づいた。小石が重しにされている。

「来たか」

手に取った俊介は封を切った。暗いが、読めぬほどではない。

一読した俊介は、承知した、と口の中で一人つぶやいた。

部屋に戻った。

「長《なご》うございましたな」

「たまっていた」

「では、それがしが行ってまいります」

「たっぷりと出してこい」

「そのつもりでおりもうす。俊介どの、おきみ坊のこと、よろしく頼みますぞ」

「ちゃんと見ているゆえ、安心してくれ」

にこりと笑んだ伝兵衛が出てゆく。

足音が遠ざかってゆくのを聞き、懐から取り出した文を俊介はもう一度読んだ。

指定の刻限まではまだかなりある。七つに来いと幹之丞はいってきている。

まだ二刻は優にある。

やがて伝兵衛が戻ってきた。

「ふう、気持ちようござった」

「それはよかった」

おきみを起こさないよう、静かに伝兵衛が座った。

「今宵は蒸しますな。いやな感じの夜にござる。胸騒ぎがいたしますよ」

二刻も待っておられぬ。

「えっ、今なにかおっしゃいましたか」

「伝兵衛、ちと耳を貸せ」

「あっ、はい。なんでござるか」

なんの疑いもなく、伝兵衛が顔を寄せてきた。済まぬ。心で謝ってから俊介は伝兵衛の腹に拳を入れた。どす、という音とともに、ごほっと伝兵衛が苦しげに咳《せ》き込んだ。

「俊介どの、い、いったい、なにを」

「済まぬ」

声に出していった。気絶した伝兵衛を俊介は静かに横たえた。

手加減はした。多分、四半刻もかからずに目を覚ますだろう。俊介が一人で出かけたことを知り、激怒するにちがいない。

それも仕方ない。無事に帰ったら、謝るだけ謝るしかなかった。

——ここだな。

足を止めて、俊介は鳥居の扁額を見上げた。

闇の中に扁額が見えている。それには鶴丸神社とある。まちがいない。

鳥居をくぐり、俊介は境内に足を踏み入れた。敷石に沿って進んでゆく。

大気は相変わらず蒸しているが、まわりを深い木々が囲んでいることが関係しているのか、どこかすがすがしさが漂っていた。境内は幾分か涼しい。

本殿の前に出た。建物はこれくらいで、ほかには見当たらない。無住の神社のようだ。

ふと、横合いから一つの影があらわれた。似鳥か。刀に手を置き、俊介は身構えた。

人影は、五間ほどの距離を置いて立ち止まった。

「いわれた通り、一人で来たぞ」

人影をにらみつけて、俊介はいった。

「いい度胸だ。さすがに真田の若殿だけのことはある」

声がちがう。俊介は目を凝らした。

「似鳥ではないな」

「やつは姿を消した。もちろん近くにはいるのだろうが」

「そなた、火事のとき俺を襲った男だな」

「よくわかるな」

「大した腕でないゆえ、覚えておるのだ」

「強がりだな」

「強がりはいわぬたちだ」

男に目を据えて俊介はたずねた。

「芽銘桂真散を返してもらおう」

「その前に俺を倒すことだ」

「ならば、そうしよう」

すでに俊介は鉢巻を頭に巻き、襷《たすき》がけをし、股立《ももだち》を取っている。目釘《めくぎ》も確かめてあった。

「約束の刻限は七つだが、かまわぬだろう」

「だいぶ早いが、わしもかまわぬ。待つのは面倒だ。それに雨に降られたくはない」

気合が徐々に高まってきている。これでよかったのか。俊介は自らに問うた。これしか手立てはなかった。仁八郎がいれば話はちがうが、今は大坂なのだ。それに、いつまでも仁八郎を頼っていられない。自分の力ですべてを乗り越えていかねばならぬ。目の前の男を倒せずに、似鳥幹之丞を殺れるはずがないではないか。辰之助の仇討《あだう》ちなどおこがましいというものだ。

刺客はいかつい顔をしている。歳の頃は三十半ばというところか。この男が芽銘桂真散のことを小牟田屋で聞いていったのだろう。

「よし、行くぞ」

必ず生きて帰る。その決意を俊介は胸に刻みつけた。そうしたからといって、その通りになるほど甘いものではないだろうが、生きたいという気持ちが強いほうこそが生き残るのではないか。

刀を抜き、俊介は正眼に構えた。

「そなた、名はなんという」

「名はよかろう」

「わかった。名無しと呼ばせてもらう」

「勝手にしろ」

いうや、名無しの侍がいきなり飛び込んできた。

俊介を間合に入れ、袈裟懸けに刀を振ってきた。

斬撃はさほど鋭くない。少し刀身がゆがんで見えた。錯覚ではない。

俊介はかまわず横に出た。刀を逆胴に振ろうとした。いきなり目に痛みが走った。目を切られたのか。斬撃はよけたはずなのに。

刀が猛然と振られたのを感じた。上段からの振り降ろしだ。目をあけた俊介はさっと飛びすさった。

刀はかわした。またも目に痛みが走り、目の前が暗くなった。

目が見えなくなった。俊介はさすがにうろたえた。目が見えなくては戦えない。

名無しの侍がほくそ笑んだのが、見えたような気がした。刀が振られる。胴だ。

俊介はよけた。今度はまたも袈裟懸けにきた。これもかわした。

相手がどう刀を振るっているか、すべてわかることに俊介は気づいた。これが心眼というものか。

まだ目の働きは戻らない。痛みも続いている。まさかずっとこのままということはあるまい。

不意に静かになった。斬撃を俊介にかわされ続けたことで、名無しの侍は慎重になったようだ。

——どこだ。

背後だ。名無しの侍がどこにいるか、はっきりと感じられた。後ろからばっさりという気なのだ。あえて俊介は気づかないふりをした。一撃に懸けることに決めた。もしよけ損ねたら、命はない。

名無しの侍が刀を振り下ろしてきた。ぎりぎりまで待って、俊介は体をひるがえした。刀が空を切る。あっ。名無しの侍の狼狽ぶりが伝わってくる。

膝を折って姿勢を低くした俊介は刀を振り上げていった。

刀が胴を両断したのが手応えとして伝わってきた。

「仁八郎……」

我知らず俊介はつぶやいた。仁八郎の魂が乗り移ったような斬撃だ。実際、大坂の仁八郎は今も俊介のことが案じてられてならないのだろう。

俺は勝った。勝ったぞ。仁八郎の助けがなくとも、勝つことができた。

目が痛くなくなっていることに気づく。目をあけた。ほっとする。見える。

目を向けると、名無しの侍が土を血で汚して倒れていた。すでに息はない。今も傷口からおびただしい血が流れ出ている。生臭さが広がり、境内の大気を汚してゆく。

「似鳥幹之丞」

俊介は大声で叫んだ。

「刺客は倒したぞ。出てこい」

声は闇に吸い込まれただけで、応《こた》えはない。

もう一度呼んだ。

結果は同じだった。

静寂だけが境内を支配している。

瞠目した。

せざるを得なかった。

似鳥幹之丞は驚きを隠せない。

やつは強くなっている。どんどん強くなっている。このまま成長すれば、恐ろしく強くなるだろう。末恐ろしいという言葉が脳裏に浮かぶ。

いま殺してしまったほうがいいか。今なら殺れる。

殺ってしまうか。そのほうが後腐れがないのではないか。

唇を噛み締めて幹之丞は迷った。

小さく首を振った。

いや、やめておくべきだ。やつがどこまで強くなるか、見届けてやる。それを倒すのだ。そのほうが弱いやつを殺すより、ずっと爽快だろう。

やつが腕前を上げても、こちらもその分、強くなればよいだけの話だ。距離を縮めさせなければいいのだ。

永遠に詰まらぬ距離があるということは、やつに見せつけなければならぬ。

――ほらよ、受け取れ。俺には無用の長物に過ぎぬ。

薬の包みを放り投げると、幹之丞は足早にその場を去った。

がさりと音がした。

右手の茂みのほうだ。

抜き身を手に、俊介は慎重に進んだ。

おっ。

灌木の上に紙包みがある。

餌に食らいつく飢えた魚のような真似はせず、俊介はしばらくあたりの気配をうかがっていた。

どうやら似鳥幹之丞は引き上げたようだ。

足を踏み出し、俊介は紙包みを手にした。嗅いでみると、薬らしい甘いにおいがした。

封をあけ、中を確かめた。ほっとする。自然に笑みがこぼれ出た。

芽銘桂真散と記された紙が入っていた。

これを見たら、おきみはどんなに喜ぼう。その顔を一刻も早く見たかった。

紙包みを懐に大事にしまい入れ、鶴丸神社をあとにした。名無しの侍の死骸をなんとかしなければならない。あのままにしておけば、朝一番に参拝に来た年寄りが腰を抜かしてしまうだろう。それだけならまだいいが、素っ転んで骨を折られたら目も当てられない。

とりあえず、鶴丸神社のある町の自身番を俊介は目指した。


「俊介どの」

無事に帰ってきた俊介を見て、伝兵衛が気が抜けたように座り込む。

「一人で行かれたのですな」

「済まなかった」

俊介は頭を深く下げた。おきみはなにも知らず、昏々《こんこん》と眠っている。

「心配しましたぞ。お怪我《けが》は」

「ない。取り戻してきたぞ」

伝兵衛に紙包みを手渡した。

「これが芽銘桂真散でござるか。甘いにおいがしますの。早くおきみ坊に知らせたいところじゃが、起こすのも気が引けるのう」

「待てばよいさ」

あぐらをかき、俊介は壁に背中を預けた。

「ちょっと休みたい。さすがに疲れた」

「ああ、俊介どの、そうしなされ。眠ったらよいでしょう」

「うむ、そうさせてもらう」

だが、戦いの興奮がいまだに残っているようで、俊介はなかなか寝つかれなかった。

それでも少しうとうとした。

次に目を覚ましたとき、腹に布団がかかっていた。

目の前におきみがいった。

「あっ、俊介さん、起きたね」

「うむ、おきみ、おはよう」

「もうおはようという刻限じゃないよ」

「えっ、もう昼か」

「お昼過ぎね。九つ半くらいよ」

「そんなに俺は眠っていたのか」

おきみが後ろに回り、壁と俊介のあいだに体を入れた。俊介は背中に重みを感じた。

「ありがとう、俊介さん」

おきみが抱きついてきていた。甘い吐息がかかる。

「うれしい。本当にうれしい。俊介さん、この薬のために命を懸けてくれたんだね。あたし、この恩は一生忘れない」

手を伸ばして、俊介はおきみの頭を優しくなでた。

「おきみのその言葉を聞けて、俺はこの上なくうれしく思っている。芽銘桂真散を取り戻せてよかったと心から思うぞ」

平伏した。

「いや、そんなにかたくなることはないぞ、俊介どの」

有馬頼房がにこやかにいう。顔色はいいとはいいがたいが、さほど悪くもない。

国家老の吉田玄蕃が俊介の後ろに控えている。良美は頼房の横にいて、よく光る瞳で俊介を見つめていた。

「似鳥幹之丞のことは承知した」

強い口調で頼房が断言した。

「我が家で似鳥幹之丞を召し抱えることは決してない。俊介どの、友垣の仇を打たれなされ」

「はっ、必ず」

俊介は再び両手をそろえた。

「芽銘桂真散のお代ですが」

「それは良美から聞いておられぬか」

「はっ、うかがっておりますが、あの薬はひじょうに高価にて、代はお支払いいたします」

「いや、俊介どの、本当によいのだ。我が家もご多分に漏れず台所は苦しいが、そのくらいは出せる。似鳥幹之丞などという悪者を剣術指南役に据えようとした見識のなさを恥じるばかりで、迷惑料として受け取ってくれぬか」

「お言葉に甘えても本当によろしいのですか」

「甘えてほしい」

「ありがたきお言葉にございます」

頼房が身を乗り出してきた。

「俊介どの、今より江戸に戻られるか」

「はっ。一刻も早く戻らぬと、我が家は改易の憂き目に遭うかもしれませぬ」

「確かに江戸にいるべきご嫡男が久留米にいてはまずいの」

いかにも楽しそうな笑いを頼房が漏らす。

「幸貫どのはよいご子息を持たれた。うらやましい限りだ」

目を転じ、俊介は良美を見た。良美がじっと見ている。

これでお別れだな、と思うと切なさが胸にあふれた。ずっと顔を見ていたい。一緒に江戸に行けたらどんなに幸せかと思うが、それは望むべくもない。

良美も俊介の顔から目を離さない。

江戸に向かって、世話になった別邸を旅立った。昨日、徹底して別邸の掃除を行った。立つ鳥、跡を濁さずである。

もう梅雨に入ろうという時期だが、今日の天気はよさそうだ。

「おきみ、今宵は太宰府泊まりだ」

「わあ、うれしい。でも俊介さん、大丈夫なの。遠回りにならないの」

「少しだけだ。江戸までの距離を考えたら、なんということもない」

「それならいいのだけど」

似鳥幹之丞は俺たちの出立をどこかで見ているのだろうか。あの男はまた新たな刺客を送ってくるはずだ。やつは誰かに頼まれ、真田俊介という男の命を狙っている。

この身を餌におびき出してやる。俊介はそう決意している。

歩きながら久留米城を見た。あの城には良美がいる。良美はまた江戸に戻ってくるのだろうか。もう二度と会えないということになったら、俺はどうなるのだろう。大名同士、自由な婚姻などない。良美は別の誰かに嫁ぐのだろうか。たまらない気持ちになる。

そういえば、と俊介は思い起こした。姿を消した博兵衛とおさちはどうなったのか。どうしていなくなったのか、その理由もわからない。

久留米街道を歩いていると、前に立ちはだかる者があった。一瞬、俊介は身構えかけたが、すぐに体から力を抜いた。

「おう、弥八ではないか」

「弥八さんだ。うれしい」

駆け寄ったおきみを、弥八が軽々と抱き上げる。俊介に目を転じた。

「俊介さん、捜したぜ」

「ああ、そうか。確かにわかりにくいところにいたからな。それにしても弥八、ずいぶん久しぶりだな。どこに行っていた」

おきみを抱いたまま、弥八がはにかんだような笑顔になった。

「なに、大坂だ」

さらりといった。俊介たちは驚愕した。おきみがずり落ちそうになる。弥八がおきみをそっと下に下ろす。

「なんだって。いま大坂といったか」

「仁八郎のことがどうにも気になったのだ。あの男、ちゃんと医者にかかったか、知りたくてな。俊介さんの警護をしなきゃいけないことはわかっていたが、どうにも自分を抑えられなかった」

「弥八はそれだけ仁八郎のことが心配だったのだな。それでどうだ。仁八郎は医者にかかれたのか」

「うむ、無事に名医と呼ばれている人の診療所にたどりついた。いま治療を受けている」

俊介の心に安堵の波が広がった。力を入れないと、へたり込みそうだ。

「弥八は仁八郎と話をしたのか」

「いや、療養所の者から話を聞いただけだ。仁八郎は皆に会いたがっているようだ。俊介さんの自慢話もよくするそうだぞ」

「そうか。早く会いたいな」

「じきに退所できるはずだ」

「ならば、仁八郎とどこかで会えるぞ」

「うむ、きっとそうなろう」

俊介はほれぼれと弥八を見つめた。

「それにしても、忍びの足はすごいな。大坂に行って九州にやってきたか。いったいどういう造りになっているのだ」

「俺にもわからん。ただ、走ってもあまり疲れることはない」

「うらやましいな」

「まったくにござる。わしなど足腰が萎《な》えておりますからな。弥八ほどの足腰があればどんなによいか」

伝兵衛が慨嘆するようにいったとき、俊介はどこからか目を感じた。

街道を一人の男が歩いてきた。

俊介は声をかけた。

「佐助ではないか」

「おう、俊介さま」

弥八が厳しい目を佐助に向ける。

「俊介さん、その男と知り合いか」

「うむ、そうだ」

「この男とは関わらぬほうがよいぞ」

「こいつが俊介さまの知り合いとはな。供の者ですかい」

「いや、友垣だ」

「友垣か」

つぶやいて佐助が弥八をぎろりと見据えた。

「どこかの忍びの分際で真田の若殿の友垣とは、うらやましい限りだ」

やはり佐助は俊介の素性を知っていたのだ。

「このことは上役にはいわぬ。俊介さま、安心していい」

「上役とはなんだ」

「この佐助という男は公儀隠密だ」

目を据えて弥八がずばりといった。

「ご名答。おい、弥八といったな。博兵衛から預かった物をよこせ」

「弥八、博兵衛を知っているのか」

驚いて俊介はたずねた。弥八が佐助をにらみつける。

「おまえが殺した男のことか」

「とっととよこせ」

「なんだ、なにをいっている」

「博兵衛から為替手形を預かっただろう」

「そんなものは知らん」

「嘘をつけ」

「嘘などいっておらん」

「いいか、博兵衛は莫大な財を築いたんだ。その金を持って江戸へ行こうとしていたはずだ。為替手形を持っていないはずがない」

「持っていたかもしれんが、俺は預かっていない」

「遺骸はどうした」

「埋めた」

「あの神社か」

佐助が走り出した。それを弥八がさっと追い越し、立ちはだかる。

「きさま、あばく気か」

佐助が足を止める。

「当たり前だ」

「させぬ」

「なぜだ。うぬに関係なかろう」

「おさちという女に、二人一緒に埋めてくださいと頼まれた」

「為替手形をもらったら、また埋め戻してやるわ」

「信じることはできん。金のために人を殺すような輩《やから》の言葉が信じられるか」

「邪魔立てする気か」

「当然だ」

「ならば、先に始末してくれる。来い」

「望むところだ」

俊介が止める間もなく、弥八と佐助の二人は近くの森に入っていった。

弥八のことが案じられてならない。

弥八はなかなか戻ってこない。

やられてしまったのではないか。

そんな思いが心の中に渦巻く。

「あっ」

森を出てきた男がいる。

「弥八っ」

「弥八さん」

おきみが飛びつこうとして、とどまった。それだけ弥八は疲れ切っていた。着物はずたずたで、ぼろ雑巾のようだ。

「傷を見よう」

近づいて俊介はいった。

「すまん」

大木の根元に連れていった。弥八が諸肌《もろはだ》脱ぎになる。伝兵衛に手伝ってもらい、俊介は弥八の手当をした。

「どれもかすり傷だな。弥八、なんにしろ無事でよかった。そなたもまったく無茶をするものだ」

「俊介さんにいわれたくはないな」

弥八が快活に笑う。

「家臣の仇討のために江戸を離れるお人だぞ」

印籠《いんろう》の膏薬《こうやく》を傷に塗って、手当てを終えた。頭を下げて弥八が着物を身につける。


「大丈夫か」

「むろん」

俊介たちは立ち上がった。

再び太宰府を目指して歩きはじめる。

ふと女の声が頭の中で響いたような気がした。その声が良美のものに思えた。

会いたさについに空耳を聞くようになったのか。

だが、今度ははっきりと俊介を呼ぶ声が聞こえた。はっとして俊介は振り返った。

「俊介さま」

走りながら手を振っているのは、良美ではないか。後ろにいるのは勝江だろう。

「夢ではないのか」

良美がぐんぐん近づいてくる。

「良美さん、勝江さん」

躍り上がっておきみが手を振る。

息を弾ませて良美と勝江が俊介たちのそばにやってきた。

「やっと追いついた」

はあはあと荒い息とともに良美がいう。

「良美どの、今度はお城を抜け出したのでござるか」

あきれたように伝兵衛がきく。

「まさか」

良美が強くかぶりを振る。

「そんな無茶はいたしません。父上のお許しをもらってきました。父上はおっしゃってくださいました。俊介どのと一緒に江戸へ戻ればよいと」

「まことか」

そこに自分に対する頼房の信頼があらわれているような気がして、俊介は深く感謝した。また良美と一緒にいられる。江戸は遠い。長いときをともに過ごせる。

俊介にとってこれ以上の喜びはない。

「俊介さまに玄蕃の顔を見せてあげたかった」

弾んだ声で良美がいう。

「私が江戸に行くと聞いたときの顔。苦虫《にがむし》を潰したというのは、まさにこういう顔をいうのね、と思ったほどです」

その顔が思い浮かび、俊介たちは思い切り笑った。

似鳥幹之丞のことや、幸貫の病のことなど心配事はいろいろあるが、こうして大笑いできるのは、なんてすばらしいことだろう。晴れ晴れとした良美の顔を見つめて俊介はしみじみ思った。良美と一緒なら、どんな労苦も必ず乗り越えられよう。そんな確信を俊介は抱いた。

この作品は徳間文庫のために書下されました。

徳間文庫

若殿八方破れ

久留米《くるめ》の恋絣《こいがすり》

2012年12月15日 初刷

著者 鈴《すず》木《き》英《えい》治《じ》

発行者 岩渕徹

東京都港区芝大門二—二—二〒105—8055

発行所 株式会社徳間書店

電話 編集〇三(五四〇三)四三四九
販売〇四八(四五一)五九六〇

振替 〇〇一四〇—〇—四四三九二

印刷 図書印刷株式会社
製本

ISBN978-4-19-893636-5 (乱丁、落丁本はお取りかえいたします)

徳間文庫の好評既刊

鈴木英治

父子十手捕物日記

一輪の花

書下し

瀬戸物屋の見澤屋が襲われた。この二ケ月間で九軒の大店が同じと思われる盗賊に入られているのだ。しかも、文之介にベタ惚れのお克の店までもが！　さらに今度は、なんの手がかりも得られぬうちに人殺しが起きた!!　どうする御牧父子!?

鈴木英治

父子十手捕物日記

蒼い月

書下し

苦手なお克とついに食事をすることになってしまった文之介。頭が痛いとはいえ、瀬戸物屋に這入った盗っ人も捕えなくてはならないし、子供の掏摸も探さなくてはいけないしで……。八方ふさがりの文之介は、一体どんな智恵をしぼるのか？